D1419856

UN ÉTÉ
SANS ALCOOL

Du même auteur

AUX MÊMES ÉDITIONS

Ma petite Française
roman, 2011

CHEZ ODILE JACOB

Guide de voyage météo
(avec Louis Bodin)
2013

Je voulais vous donner des nouvelles
nouvelles, 2009

BERNARD THOMASSON

UN ÉTÉ
SANS ALCOOL

roman

ÉDITIONS DU SEUIL
25, bd Romain-Rolland, Paris XIVe

ISBN 978-2-02-116765-8

www.seuil.com

À mon père, André,
alias « *Guy* » *dans les maquis*
de Dordogne et de Corrèze

De la peur de tous naît, sous la tyrannie,
la lâcheté du plus grand nombre.

Vittorio Alfieri

On écrit sa vie comme un palimpseste.
Le présent recouvre le passé mais n'en efface
pas le souvenir.

Avant-propos

Tous les personnages de ce roman ont été inventés. La moindre ressemblance avec des personnes existantes ou ayant existé serait fortuite. En revanche, le lecteur pourra reconnaître de nombreux lieux décrits dans ce livre, notamment à Brive où je suis né.

Quant au massacre du Puy-du-Chien, il s'inspire d'un drame qui a bien eu lieu. Néanmoins, l'enchaînement des faits et l'implication de chacun tels que je les raconte ne doivent rien à la réalité ; ils servent uniquement la construction de mon histoire.

Cette période est trop complexe pour placer, dans une fiction, les uns en pleine lumière, les autres dans l'ombre totale. La guerre a donné son lot de martyrs et la Corrèze fut l'un des nombreux foyers de la Résistance en France.

Prologue

PARIS, 2013. JEUDI 8 AOÛT. Qu'aurais-je fait pendant la guerre ? Résistant ? Collabo ? Le dos rond, *comme la plupart*, en attendant des jours meilleurs ?

Cette question me hante désormais.

Parce que, en ce bel été que je devine à travers les stores de ma chambre d'hôpital, je sens bien que la fin approche.

Parce que je cherche à tirer un bilan, à tracer la ligne de ce que fut mon existence, à y déposer le dernier signet. Mais avec quelle ponctuation ? Un point d'exclamation (quelle prétention) ? Trois points de suspension (mais je ne suis pas croyant) ? Un simple point final, *comme la plupart* ? Ou alors un point d'interrogation ?

Oui, en vérité, au bout de soixante-neuf ans, j'en suis toujours à l'heure des interrogations. Malgré l'enquête menée, ces dernières semaines, avec Matt et Maika.

Quand il me faudra partir, que pourrai-je présenter sinon à un Dieu tout-puissant, du moins à ma conscience ? En affaires je me suis débrouillé pour devenir très riche sans aucun effort, j'ai perdu en amour, ou plutôt je n'ai jamais gagné, je n'ai vécu aucune jeunesse en liberté ni véritables années d'enthousiasme, j'ai assouvi mes faiblesses en me dissolvant dans l'alcool, et tout au long de ma vie j'ai accepté mes lâchetés intimes.

Tout le monde ne peut pas être un héros.

Comme mon père.

Si la question de la Résistance me hante à présent, c'est que je veux boucler la boucle. Car je viens de là. Je suis l'enfant de cette barbarie sans nom que les nazis ont étalée sur l'Europe. C'est gravé sur ma carte d'identité.

Né le 15 août 1944, à Brive (19).

Ce jour-là, un mardi ensoleillé, non seulement ma mère donna, en début de soirée et en souffrant comme une bête, naissance au bébé qu'elle portait, mais au même moment, à 21 heures, une convention – paraphée par le lieutenant-colonel Heinrich Böhmer, commandant le 95e régiment de sécurité de l'armée allemande (les garnisons de Tulle et Brive), par les maquisards de l'Armée secrète, et par un faux officier du réseau de renseignement britannique Buckmaster (surnommé « Captain Jack », il s'appelait en réalité Jacques Poirier) dont la présence rassurait les boches quant au traitement qu'ils allaient subir – libérait, sous l'égide du sous-préfet Pierre Chaussade, la ville du joug des occupants.

Cette date est historique.

Pour une grande partie des Corréziens d'abord, qui sortaient d'un interminable cauchemar et voyaient la lumière de l'été avec un autre éclat. Ce soir-là, descendant du château de la Grande Borie où la reddition avait été signée, les Georges Irat[1] décapotées de la Résistance eurent droit à une haie d'honneur de la population vers la place de la Guierle où la foule était en liesse, puis jusqu'au collège Cabanis où s'était réfugiée la garnison allemande. Devant le grand portail en fer de l'établissement, les

1. Marque de voitures.

soldats ennemis vinrent un à un déposer leurs armes et leurs ceinturons dans le halo des phares d'automobiles avant de rejoindre, encadrés par des maquisards hirsutes et fiers, le camp militaire des Chapélies.

Pour la France ensuite, car Brive fut – selon la décoration officielle qu'elle reçut de l'État où c'est écrit en toutes lettres – « la première ville de France à se libérer par ses propres moyens ». Elle s'est donc débarrassée seule de l'envahisseur, sans aucune intervention des Alliés, grâce à la lutte des Forces françaises de l'intérieur, ces FFI dont on voit dans les films les tractions noires arborant une croix de Lorraine enchâssée au creux d'un V majuscule.

Pour moi enfin, bien sûr : ce fut le premier jour de ma vie.

Comment suis-je entré dans ce monde ? En hurlant à pleins poumons je suppose, *comme la plupart*. En tout cas, j'étais là.

Quel miracle ! Dans une période de larmes et de sang, quand le déluge des armes servait la bêtise humaine, alors que le massacre d'Oradour-sur-Glane devait encore survenir, un homme et une femme s'étaient aimés, neuf mois auparavant. Ils avaient voulu vivre autre chose, croyant en eux et en l'avenir, au point de donner le jour à un être qui pourrait bâtir un monde meilleur, sans doute.

Il en fallait de la détermination pour cela, et du courage.

Comment, moi qui suis devenu une épave humaine, puis-je être né de ces deux chairs-là qui ont affronté à leur manière le chaos du moment en inventant déjà l'avenir ?

Pierre, mon père, était un brave. Un résistant qui combattait l'ennemi au péril de sa vie. Angèle, ma mère, donnait un coup de main aux réseaux, prenant elle aussi des risques.

Et moi je n'ai été qu'un lâche.

Toute ma vie.

J'ai grandi comme un sale gosse qui n'affectionnait pas l'école, j'ai succombé à la facilité en vendant l'entreprise familiale à une multinationale pour nager dans l'opulence, j'ai épousé une femme que je n'aimais pas, j'ai refusé de lui faire un enfant, je l'ai trompée, j'ai fini noyé dans le whisky.

Où sont les valeurs de mes parents dans tout cela ? Quels gènes m'ont-ils légués pour me construire ?

Eux les héros, moi le minable.

Bon sang ! Un chien ne fait pas des chats !

À preuve. Dans sa vie sentimentale, JFK fut la victime du dramatique atavisme paternel. Chez les Wildenstein, de père en fils, on manie l'art avec du soufre. Les Brasseur ont donné du talent à chaque génération. Combien d'autres exemples ?

Si seulement mes parents avaient été là. Tout près de moi. Tout aurait été différent. J'en suis sûr. En leur absence, je me suis abrité derrière leur image. Cette image parfaite que je pouvais glisser à tout instant dans mon miroir.

Je me disais toujours que mes faiblesses et mes échecs resteraient sans conséquence, que tout cela était de toute façon compensé par leurs actes de vaillance, à eux.

Rien de plus facile ! Après chaque bêtise, on lève les yeux au ciel, on les cherche du regard, et on leur demande : « C'est pas grave, hein ? Dites-moi que ce n'est pas grave. Promis, je ferai mieux la prochaine fois. »

Pourquoi ne les ai-je pas eus à la maison pour me choyer, me caresser, me guider, m'aimer ?

Si seulement mon enfance avait pu baigner dans leur

tendresse, et non se faufiler entre la raideur de mon grand-père Roger et la folie de sa femme Paulette.

Papa a été tué dans l'assaut de son maquis par les Allemands, en novembre 43, quelques jours sans doute après m'avoir conçu. Le camp avait été encerclé sur dénonciation d'un traître.

Maman est morte en couches. C'était affreux. Dans la chambre au-dessus de la distillerie, elle hurlait. Dès la fin de matinée elle avait commencé à perdre les eaux, et a usé ses forces tout l'après-midi, jusqu'à épuisement. En vain. Je ne voulais pas sortir. Étais-je déjà si pleutre, pour refuser de naître ? Il a fallu appuyer sur son ventre avec les mains, les poings, les bras, les pieds. Plusieurs s'y sont mis. Le jour où Roger me l'a raconté, des larmes ont roulé sur sa joue. C'est la seule fois où je l'ai vu pleurer.

Mais, après tout, rien n'est jamais gravé dans le marbre.

Et si au fond de moi je n'étais pas celui que je crois être, celui dont j'ai renvoyé le portrait tout au long de mon existence ?

Si eux n'étaient pas tels qu'on me les a fabriqués ?

L'Histoire laisse des clichés en noir et blanc. Or, en vrai, rien n'est jamais tout noir ou tout blanc. Le temps non seulement efface les couleurs d'époque, mais lisse aussi le gris qui entoure chacun d'entre nous.

Je m'appelle Charles. J'aurai soixante-neuf ans la semaine prochaine. Et je me suis lancé à la conquête de l'identité de mon père. Je sais que c'était un résistant. Je connais son prénom, Pierre. Personne ne m'a révélé son vrai nom. Il faut avouer que je ne l'ai jamais cherché.

Jusqu'à cet été.

Pourquoi ? Pourquoi maintenant, au crépuscule de ce long parcours pathétique qui fut le mien ?

Tout est parti d'un événement qui est venu bouleverser mes certitudes. Une agression sauvage dont j'ai été victime, au printemps dernier, en pleine journée.

Elle a donné lieu à une inattendue et improbable rencontre.

PREMIÈRE PARTIE

LA RENCONTRE

Récit de Charles

Chapitre un

PARIS, 2013. MERCREDI 17 AVRIL. La tiédeur de l'air me réconcilie avec le genre humain. Dans la rue les gens n'affichent plus un air renfrogné, ils marchent avec légèreté ; les têtes se relèvent, les poitrines se gonflent. Des sourires timides se dessinent sur les lèvres et, dans les regards, pointent déjà les rayons d'un été à venir.

Voilà bien longtemps que l'on n'avait pas senti cette brise tiède caresser la peau. Il fait vingt-cinq degrés. Quelle chaleur inattendue, et brusque, après des semaines d'une rigueur à n'en plus finir. Pluie, neige et bourrasques s'éternisaient, à croire que le printemps céderait son tour.

Dans de telles conditions, je décide de rentrer à pied. La petite flamme, qui me brûle toutes les deux ou trois heures, vient de me rappeler à l'ordre : la soif me gagne. Je vais chercher, comme un chien renifleur, le comptoir le plus accueillant pour l'étancher.

Du Louvre aux beaux quartiers, il n'y a qu'un pas. Je connais bien ces ruelles de la rive gauche, je m'y attarde souvent pour déambuler devant les vitrines des antiquaires ou boire un verre dans l'un des nombreux bars aux atmosphères variées. Mon préféré reste le Lutetia, cher à André Gide et à Gainsbourg. J'y passe de longues heures à ne rien faire, sinon regarder le ballet des chariots de bagages poussés par des porteurs en livrée. Au fil des cocktails, je m'amuse à deviner quel genre de contrat ces hommes d'affaires agités négocient près du comptoir, ou à observer les touristes huppés qui posent un regard interrogatif sur l'*Eiffel* de César, à l'entrée.

« José, ramenez la voiture !

– Vous êtes sûr, monsieur ?

– Oui, cette douceur me donne envie d'en profiter. Et puis les deux heures à parcourir les "Arts de l'islam" m'ont asséché le gosier. Je vais m'arrêter au Lutetia, même s'il est un peu tôt pour écouter du jazz ; ce n'est jamais avant 19 heures.

– L'islam ne semble pas vous avoir influencé, me lance mon chauffeur, non sans une double pointe d'humour et de remontrances.

– Détrompez-vous, José. Une bonne *caïpirinha* me réconciliera avec les mamelouks, qui ne dédaignaient pas non plus l'alcool, à en juger par certains bols à vin que j'ai aperçus entre les calligraphies et les tapis.

– Comme il vous plaira. Pensez-vous ressortir ce soir ?

– Je ne crois pas, merci. L'hôtel est sur mon chemin : je vais remonter par la rue des Saints-Pères, et ensuite je regagnerai le Luxembourg par la rue d'Assas. Vous pouvez disposer.

– Bien, monsieur. »

José est à mon service depuis longtemps. Je le paye bien. Il ne tombe pas malade, répond à toutes mes attentes, et me réclame une seule visite annuelle, en général en juin, à sa vieille mère retirée dans le nord du Portugal.

Il joue parfois l'effronté, mais j'apprécie sa conduite en souplesse. Jamais un freinage intempestif, jamais un coup de volant hasardeux, jamais une accélération brutale. Avec lui les voyages deviennent de tendres berceuses : je m'endors chaque fois qu'il me conduit aux champs pour notre petite sortie hebdomadaire. Comme hier à Vaux-le-Vicomte, où je souhaitais admirer à nouveau le jardin qui a propulsé Le Nôtre vers la gloire et dont le château s'apprête à célébrer les quatre cents ans.

C'est un rituel immuable, chaque mardi nous filons en direction d'un coin tranquille à moins de cent kilomètres : les forêts, parcs naturels, enceintes, serres et potagers ne manquent pas, quitte à revoir les mêmes lieux à des saisons différentes.

C'est ainsi, le besoin de fréquenter les arbres est, chez moi, viscéral.

Comment peuvent vivre tous ces abrutis le nez sur leur béton ? Quitter un immeuble pierre de taille, piétiner du goudron, s'enfoncer vers le carrelage du métro, remonter sur une dalle de ciment, entrer dans une tour de verre et d'acier, s'y enfermer pour la journée. Où est la vie ?

Il me faut des oiseaux qui chantent, des feuilles qui bruissent, un aboiement au loin. J'éprouve une nécessité vitale à vagabonder en pleine nature, à écouter le faux silence animal, à coller mon pas sur un sol souple au gré des odeurs sauvages. J'aurai au moins hérité cela de mon éducation de province, quand je m'éternisais sous les platanes du jardin public devant la maison familiale, ou que je m'évadais dans la campagne environnante.

Même à Paris, le vert m'attire. Surtout à Paris. Mes fenêtres donnent directement sur l'un des plus beaux parcs de la ville, le Luxembourg des sénateurs. Et il suffit d'un bout de square, d'une esplanade ombragée, ou d'un quai de Seine, pour me donner des fourmis dans les mollets.

Tiens, justement, si je m'offrais une petite bouffée, en passant par les Tuileries ? Je remonterai ensuite vers le pont du Carrousel en longeant les quais, ou, mieux, je traverserai la passerelle de Solferino pour rejoindre ce café où les socialistes vont s'abreuver, boulevard Saint-Germain. Ils y servent du Suivez-moi-jeune-homme. Ce très bon rosé Château-des-Annibals constituera une excellente mise en bouche avant le Lutetia.

À peine engagé vers l'allée centrale, une sensation de chaud m'envahit. Mon manteau ! Bon Dieu ! Pourquoi ne l'ai-je pas abandonné à José, dans la voiture ? Déjà, pourquoi l'avoir revêtu en sortant cet après-midi ? Par réflexe, sûrement : ces derniers jours, le froid régnait encore. J'ai pensé que c'était l'une des dernières occasions de le porter avant de le remiser jusqu'à l'hiver prochain. C'est un vison sombre, élégant, qui me procure toujours la même émotion lorsque je le glisse sur mes épaules. José me raille gentiment dès que je l'endosse : « Vous ressemblez à un mac dans un mauvais polar télévisé des années soixante ! » C'est sûr que lui, maigre comme un squelette de sardine, s'y noierait d'un seul coup. Ses bras sont des Carambar fondus étirés à l'infini, il a les fesses aussi plates qu'une semelle de fer à repasser, et le tronc de la taille d'un noisetier...

La chaleur qui s'abat sur la ville produit une étrange sensation : le ciel tourne déjà à l'été quand les arbres témoignent encore de l'hiver.

Comme des soldats au garde-à-vous, quelques pins laricio se dressent fièrement dans les carrés formés de mûriers blancs, marronniers et tilleuls, mais tout le talent de Le Nôtre – qui a redessiné le lieu sur ordre de Louis XIV – ne peut éviter l'air dépenaillé des allées rectilignes et des buissons compartimentés après les longs mois d'hibernation.

Je remarque que le parc ne parvient toujours pas à retrouver ses couleurs. Pas l'ocre des tuiles fabriquées ici bien avant Catherine de Médicis. Non, je songe au vert, ce vert des feuillages, que j'aime tant. Même les tout premiers bourgeons émeraude ont du mal à pointer. C'est encore une tendre pâleur, et il faudra de longues journées ensoleillées pour la foncer, avec patience, jusqu'à la profondeur d'un vert de canicule. Cela m'attriste de voir des arbres à moitié nus au milieu du mois d'avril.

Le jour décline et la soirée avance en douceur, comme moi, tranquille avec mon manteau plié sur le bras. De temps à autre je m'arrête devant une essence, prends une minute ou deux pour scruter le tronc écaillé, puis porte le regard jusqu'à la cime afin d'en évaluer la hauteur, et j'encourage d'un sourire les feuilles balbutiantes.

Je ne suis pas seul à parcourir ainsi les Tuileries : des couples finissent la journée en bavardant ; parfois un joggeur me dépasse en ahanant, un casque vissé sur ses oreilles mouillées par la sueur ; sur les bancs, des hommes de mon âge feuillettent le journal et des dames flèchent les mots ; plus loin, un jeune gars ne relève pas le nez d'un épais livre ; à cette heure avancée, les poussettes ont déjà disparu.

La parenthèse estivale retient du monde à l'extérieur.

C'est au bout de l'allée de Castiglione, côté Seine, que ce décor à la Monet prend soudain des allures d'*Orange mécanique*. D'abord, j'entends deux voix masculines, vers l'ancien tunnel, auxquelles en vérité je prête peu d'attention, parce que je n'y comprends rien.

« Ouaille c'bouffon, quel sonblou de taffiole ! Tema comme ça doit être trop reuch.

– Un client pour nous, ça. On va lui tépa.

– Ouais. Allez-y, les go[1] ! »

C'est seulement lorsque deux silhouettes, tapies dans un recoin, se ruent sur moi que je réalise être devenu leur cible. Longues jambes fines serrées dans des collants et veste de sport avec capuchon rabattu sur le visage pour l'une. Tee-shirt à manches longues et queue-de-cheval pour l'autre. Ce sont des filles. Toutes deux portent des baskets légères aux pieds et des gants fins aux mains. L'ensemble dans des tons gris histoire de mieux se fondre à l'ombre d'un mur ou au creux d'une ruelle. Elles sont souples comme des panthères. Des gamines.

Tout va très vite : leurs gestes s'enchaînent avec une précision diabolique, sans la moindre hésitation. On dirait des professionnelles bien rodées à l'exercice.

La première m'enserre de son bras gauche pendant que sa main droite compresse mon larynx. Pression parfaite, pas trop forte, pour ne pas tuer, juste assez pour faire s'évanouir.

La seconde a déjà arraché le vison de mon bras, fouille méticuleusement les poches du pantalon et de la veste, palpe mon cou, mes avant-bras et mes mains à la recherche du moindre bijou.

« Putain ! Le bolos[2] aligne la thune. »

1. « Vise un peu ce type, il a un blouson de pédé. Vois la fortune que ça doit coûter.
– C'est un client pour nous, on va lui faucher.
– Oui. Allez-y, les filles ! »
2. Pauvre type, individu auquel il est facile d'extorquer de l'argent.

Mon bracelet en or massif, ma chaîne épaisse comme celle d'une Harley, ma montre suisse (la même que Travolta sur les pubs), et mon saphir serti, tout y passe ! Seule mon alliance échappe à la razzia. Pour l'emporter, il aurait fallu m'arracher le majeur. J'ai les doigts si boudinés, gonflés à l'hélium, que je n'ai jamais réussi à la retirer, même après mon divorce avec Élise.

L'agression s'est jouée en moins d'une minute. Aussi rapide qu'un éclair. Aussi violente que dans un film américain.

Avant de perdre connaissance, j'ai eu beau hurler des appels à l'aide, mes cris se sont perdus dans les arbres, ces arbres que je chéris tant et qui n'ont pu me secourir.

Car les têtes se sont détournées dans les allées, l'air de rien ; les yeux se sont rivés sur les journaux ou les livres ; les coureurs ont accéléré l'allure ; les couples ont changé de direction ; et les nounous... les nounous... elles n'étaient déjà plus là depuis un bon moment.

Personne n'a bronché.

Les gens autour de moi n'ont rien vu, rien entendu, rien dit.

Singes de la sagesse !

Tous... sans exception.

Sonné, assis sur le sol, je reste de longues secondes sans bouger, avant de recouvrer mes esprits, comprenant que j'aurais pu mourir là, sous les yeux de passants indifférents.

Grand Dieu, quelle solitude ! Quelle colère aussi.

J'ai brusquement envie de cracher à la gueule de tous ces salauds, de les saisir par le col en les insultant : « Vous foutiez quoi ? Vous n'avez pas vu qu'on m'a tabassé, jeté à terre, dévalisé ? Vous ne pouviez pas venir m'aider, vous interposer, au moins hurler pour alerter ? »

Peu à peu, je retrouve mon calme. Mon cœur cesse de battre la chamade. Mes nerfs se détendent.

Je réalise d'un coup que moi non plus, face à une telle situation, je n'aurais peut-être pas bronché.

En tout cas, dans l'unique circonstance où cela m'est arrivé, je n'ai pas levé le petit doigt.

Le souvenir reste entier. C'était dans le métro, il y a de nombreuses années (j'étais dans la force de l'âge), un jeune gars timide s'était fait chahuter par une petite bande. Rien de méchant, mais un malaise s'était vite installé dans la station. Car le type ne pouvait pas se défendre. Il ramassait piteusement ses lunettes que les autres prenaient plaisir à jeter et jeter encore sur le carrelage. Or nous étions trois ou quatre adultes à proximité, sur le même quai, impassibles et couards, détournant le regard. Pire même, nous nous sommes tous engouffrés comme un seul homme dans le premier train, sauvés par la rame qui nous éloignait de l'agression.

J'avais eu peur. Mon cœur s'était emballé. Une seule obsession me tenaillait : filer au plus vite et le plus loin possible. Je craignais pour moi, pour ma vie. À tort, sans doute. J'exagérais. Mais sait-on jamais ? Si les loubards avaient été armés ? S'ils avaient fait montre de violence ? Un coup de couteau, une balle perdue, tout peut aller très vite. Dans de telles circonstances, mieux vaut ne pas risquer sa peau, non ? Une seule victime suffit !

Malmené par mes réflexions, je ne m'aperçois pas qu'un garçon me soutient par le bras. Il faut un moment avant que mon champ de vision s'ouvre à lui.

« Qui êtes-vous ?

– Je m'appelle Matt. Vous allez bien ?

– Oui, c'est bon. Merci. »

Le grand gaillard café au lait m'aide à me relever. En tenue de sport, transpirant abondamment, il a l'air d'avoir couru longtemps ; son odeur me gêne un peu. La trentaine à peine, c'est un garçon athlétique, qui paraît peu fatigué par son exercice.

Il me sourit en me tendant ma montre.

« C'est tout ce que j'ai pu récupérer. Désolé. Ils ont filé avec le reste.

– Combien étaient-ils ? Je n'ai pas vu grand-chose.

– Quatre, je pense. Quand je suis arrivé, les deux filles vous avaient mis à terre et dévalisé, et il y avait deux types qui attendaient au coin de l'allée. Un commando bien réglé. J'ai essayé de les poursuivre, mais ils ont disparu sous le tunnel, vers le débarcadère de la Seine.

– Je me souviens juste que j'ai eu du mal à respirer, et puis… plus rien, le noir complet !

– Méthode de suffocation utilisée dans les commandos. Rapide, efficace, *a priori* sans bavures…

– Merci pour le *"a priori"*, j'aurais pu y passer. Vous êtes militaire ? »

Dans son éclat de rire, les dents blanches ressortent davantage. Il passe sa main dans ses cheveux mouillés et l'essuie contre son tee-shirt, également trempé.

« Non ! Ça me ferait mal ! Mais je regarde la télé, comme tout le monde. Vous n'avez jamais vu Jack Bauer faire ce truc ?

– Jacques qui ?

– Pas grave.

– Vous êtes le seul à être intervenu ? Alors qu'il y avait tant de gens autour…

– J'ai bien l'impression, oui. » Il me regarde avec un air de pitié que je n'apprécie guère et reprend : « Bon, si vous gazez, je continue ma course. Je me prépare pour un marathon. Salut ! »

Au moment où il entame sa foulée, je me redresse, vérifie que je ne chancelle pas. Tout a l'air de « gazer », en effet...

Je palpe mon torse, mon postérieur, mes jambes, pour m'en assurer, et c'est en me penchant vers l'arrière de mon mollet droit que j'aperçois la petite pochette au sol, dont la couleur sable se fond dans le stabilisé. J'ai failli ne pas la remarquer.

Le coureur l'aurait-il perdue en m'aidant à me relever ? Je dénoue le cordon qui la tient serrée : au fond, deux morceaux de sucre à moitié caramélisés par la chaleur et la transpiration forment deux yeux qui me regardent bizarrement. Je vais pour jeter la petite bourse dans les arbustes quand j'aperçois un papier émergeant d'un renfoncement, sur le côté. Je l'extrais délicatement, le déplie, et découvre un numéro de téléphone tracé à l'encre bleue, ce bleu des mers du Sud symbole d'horizons lointains et de rêve paradisiaque.

Est-ce l'écriture d'une femme ? La graphie fine et élégante pourrait le laisser penser. L'humidité a avalé le dernier chiffre.

Je me tourne dans la direction de mon sauveur.

« Matt, attendez ! Je crois que vous avez perd... »

Matt est déjà loin.

L'agression, un choc pour moi, me rappelle un autre traumatisme, presque un demi-siècle plus tôt...

Chapitre deux

BRIVE, 1965. DIMANCHE 15 AOÛT. Jamais je n'aurais imaginé passer une telle journée d'anniversaire. Ni l'achever de la sorte. Surtout pour ma majorité.

Vingt et un ans ! Déjà… Vingt et une longues années sans bouger d'ici, de cette distillerie.

Oui, je baigne dans l'alcool depuis ma naissance !

L'odeur qui émane du vieil alambic monte discrètement dans ma chambre, au premier étage. Ainsi les vapeurs d'écorces d'orange, de baies de genévrier, de graines de coriandre, de racines d'angélique, de verveine, de menthe, et de toutes sortes de plantes aromatiques, ont-elles bercé mon sommeil de nouveau-né, transporté mes rêves d'enfant vers des mondes inconnus et inquiétants, et fondu toute mon adolescence dans un univers parfumé et capiteux.

Sauf que, à la longue, cette exhalaison continue m'assomme. Je ne comprends pas comment les employés, qui la subissent comme moi, peuvent y demeurer insensibles.

Le soir, parfois, me saisit un mal de tête à me cogner contre les murs. Je ne supporte plus de sentir en permanence l'orange, la noix, ou la menthe, puis à nouveau l'orange, et la noix, et la menthe…

31

L'atelier du rez-de-chaussée, qui se prolonge par la boutique sur l'avenue Édouard-Herriot, est rythmé par des cycles de fabrication. Une semaine durant, l'Absolu de Coing (la spécialité qui a fait la réputation de la maison, grâce à la qualité des fruits cueillis dans la région) envahit la distillerie qui, la semaine suivante, embaume le fenouil (liqueur réputée pour ses vertus digestives) ; règne ensuite une odeur de résine sauvage (dont il ne faut surtout pas révéler l'origine), puis la noix s'installe (très puissante, procurant une sensation de lourdeur et d'inconfort, celle que je déteste le plus).

Ce soir, dans cet atelier, j'ai envie de tout casser...

Gamin, je cherchais à fuir cette ambiance en me réfugiant avec mes voitures miniatures dans le jardin public en face. J'arpentais aussi les ruelles alentour, que je gagnais sans me faire voir par la cour arrière d'où partaient les camionnettes de livraison.

En semaine, comme l'école m'ennuyait, je faussais compagnie à mes camarades de classe, ce qui me valait les remontrances épuisées de mon instituteur (un brave homme aux bacchantes respectables) et une belle trempe en rentrant à la maison.

Le samedi, la rue Lamartine s'animait. Devant le numéro 2, à l'angle de l'avenue de la Gare, des ouvriers affluaient par petits groupes, clope au bec et casquette vissée sur le crâne. Sur le seuil de la petite porte rouge, ils s'arrêtaient quelques minutes, discutaient en moulinant des bras, et attendaient un retardataire. Puis tout ce beau monde enfilait l'escalier jusqu'à l'étage : le siège du parti communiste. Après un long moment, je les voyais ressortir d'un pas pressé, les bras chargés d'affiches à coller ou de journaux à vendre sur le marché. Parfois un accordéoniste les y accompagnait pour attirer du monde, et parmi les étals de fruits et légumes il entonnait *Le Chant des partisans* ou *Le Temps des cerises*, s'attirant surtout des regards en coin. Il faut dire qu'à Brive la bourgeoisie bien-pensante préfère se laisser entraîner par la valse des boutons de nacre au bal du samedi soir, sur un air de java ou une marche bien tempérée (à cette époque en province, le rock balbutiait ses gammes).

Le dimanche, c'était en bas de l'avenue de la Gare qu'il y avait foule, mais pas le même public. Des familles entières arrivaient à pied : le père portant son unique costume, la mère en tailleur serré et foulard sur la tête, les enfants se tenant la main à la queue leu leu. Ce petit troupeau du Seigneur se précipitait alors à l'intérieur de l'église Saint-Sernin, et la messe me laissait deux bonnes heures pour traîner sur le parvis. Là, je m'inventais des ennemis contre qui guerroyer entre les arbres, ou des princesses à sauver au sommet des branches. Puis, dès que les cloches sonnaient à toute volée au campanile droit et pointu dominant l'entrée du porche roman, je savais qu'il me fallait rentrer pour le déjeuner. J'avais juste à longer la ruelle sur cent mètres pour me retrouver à l'arrière de la distillerie.

Certains jours de hardiesse, je m'aventurais jusqu'à la gare, là-haut. J'étais fasciné par l'horloge géante sur la façade, avec sa grande aiguille des secondes. Quand celle-ci entamait une nouvelle minute, je baissais mes paupières et comptais jusqu'à soixante dans ma tête. Puis, avec appréhension, je rouvrais les yeux pour vérifier si l'aiguille bouclait également son tour de cadran : à une demi-seconde près, je tombais toujours juste.

À l'époque, la distillerie jouxtait le commissariat, qui, depuis, a déménagé. Les képis voisins, me voyant jouer des matinées ou des après-midi entiers sous les platanes du parc, venaient parfois s'en étonner auprès du chef de famille. Ce dernier avouait alors son désespoir : « Quand même ! La liqueur, ce gamin devrait l'avoir dans le sang, comme nous tous ! »

Au fond, le patriarche a toujours regretté que je ne consacre pas l'essentiel de mon temps à l'observer, à chercher à reproduire les gestes ancestraux qu'il avait lui-même appris de son propre père. Car il en est ainsi de génération en génération depuis le début du XIXe siècle : le savoir-faire se transmet de manière exclusive dans la lignée.

La vérité, c'est que le courant ne passe pas très bien. À la maison, je n'ai jamais connu l'amour de parents qui prennent leur fils dans leurs bras, le caressent, glissent la main dans ses cheveux ; qui le réconfortent dans ses moments de tristesse en mêlant parfois leurs larmes aux siennes ; qui comprennent ses doutes et encouragent ses élans. Rien de tout cela. Pas la moindre tendresse, ni même de l'affection ! Pourtant, un simple signe, un soupçon de sentiment, de temps à autre, à mon égard, aurait suffi...

J'ai été élevé sans conviction.

Mon vieux reste distant, rugueux, ne tolérant guère mes escapades, face auxquelles il fait preuve d'un autoritarisme féroce. Combien de baffes ai-je reçues mes soirs de retour tardif ? Il est d'ailleurs encore plus despotique avec ses salariés (sauf Élise, la gamine qui vient depuis quelques semaines, j'ai l'impression qu'il l'a prise sous son aile ; mais d'où sort-elle, celle-là ?). L'unique préoccupation qui l'obsède du matin au soir est la qualité de ses alcools et la trésorerie de l'entreprise. Les deux vont de pair.

Quant à la matrone, elle ne quitte pas la maison, brode dans le salon, feuillette des magazines dans le bureau. Le plus souvent, elle sanglote dans sa chambre. Je lis parfois une haine de moi dans son regard. Comme si elle m'accusait d'un mal absolu. Or elle ne me reproche jamais rien. Elle ne s'intéresse pas à mes maladies ou à mes joies, ni à mes résultats scolaires ou à mon avenir. À ses yeux, je n'existe pas. Elle donne l'impression de sombrer peu à peu dans une folie intérieure.

Il m'aura fallu attendre ce dimanche 15 août 1965, date de mon vingt et unième anniversaire, pour enfin comprendre. Leur comportement avec moi. Leur distance. Ils m'ont annoncé la nouvelle comme ça, sans ménagement. Le choc a été terrible.

JE NE SUIS PAS LEUR FILS !

Je suis resté assommé plusieurs minutes, sans rien dire, l'air hagard, à les écouter. J'ai eu la sensation de basculer dans un gouffre.

Ma vie s'est effondrée.

Je ne suis pas leur fils.

Ils me balancent ça sans précautions. Ils auraient pu m'y préparer, amorcer le sujet depuis plusieurs mois, voire des années. On aurait dit qu'ils voulaient juste se débarrasser d'un poids qui pèse sur leur conscience, le jour de mes vingt et un ans.

C'est de l'égoïsme à l'état pur. Ils cherchent à se sentir mieux, eux, sans s'interroger sur ce que cela représente pour moi ! Merde. C'est ma vie !

En plus, pour ma majorité...

Je ne suis pas leur fils.

Depuis midi, je n'arrive pas à y croire. Pourtant, je les ai toujours appelés « papa » et « maman ». Je ne m'étais même jamais étonné qu'ils m'aient eu sur le tard (quarante-cinq ans pour Roger, trente-neuf pour Paulette).

Comment est-ce possible ? Comment ont-ils pu faire semblant durant tout ce temps ? Pourquoi m'ont-ils trahi ? Comment pourrais-je continuer comme si de rien n'était, alors qu'ils m'ont menti ? Vais-je réussir à les regarder encore en face, sans avoir envie de leur démolir la figure ?

D'un seul coup, je les déteste.

Je me sens immensément seul, comme un personnage de Camus : le sens de l'existence m'écrase ; à quoi bon avoir passé plus de vingt ans aux côtés de personnes sans respect à mon égard ? Au-delà de leur manque d'amour, ils ont baigné dans le mensonge. Quel avenir peut s'ouvrir à moi, dans un monde où la confiance ne trouve pas sa place ?

C'est dégueulasse de m'avoir laissé croire si longtemps à une autre vie que la mienne.

Aussi, je trouvais suspecte, ce matin, leur invitation pour ce déjeuner dans le restaurant chic d'en face, sur la place du Foirail. Eux qui sont à un centime près, voilà qu'ils avaient décidé de m'offrir l'une des meilleures tables de la ville. Quelle première !

Certes, le voisin est un bon client. Il se fournit chez nous en liqueurs et en moutarde violette, une spécialité due au pape corrézien Clément VI. Mais cela sortait trop de leurs habitudes. Je suis resté sur mes gardes tout au long de la matinée : ce repas était louche.

C'est au moment du dessert, tandis que Paulette ne levait pas le nez de sa « Tatin aux pommes corréziennes », que Roger a entamé son baratin : « Voilà, Charles, tu as maintenant vingt et un ans... enfin, tu vas les avoir ce soir, tu es en âge de connaître la vérité », et il m'a tout avoué, le guet-apens tendu au groupe de maquisards de mon père (« je ne connais que son prénom : Pierre »), les souffrances de ma mère pour me mettre au monde et sa mort (« Angèle, la pauvrette, quel malheur »), comment eux se sont sacrifiés (« on t'a accepté comme notre propre enfant, on a tout fait pour toi »), il en rajoutait des tonnes.

J'ai bien vu son œil qui s'humidifiait, une larme qui tentait de glisser sur la pommette, une autre qui s'infiltrait entre deux rides, une troisième qui coulait sur la joue.

Il n'est pas parvenu à m'attendrir.

J'ai fini par me lever en hurlant « Vous n'êtes que des ordures ! », dans la salle du restaurant j'ai bousculé le serveur apportant nos liqueurs de Turenne et renversé les verres sur le plateau, je me suis précipité dehors, j'ai erré longtemps pour tenter de calmer le bouillonnement de questions dans mon esprit, j'ai rembobiné mon passé dix fois, vingt fois, j'ai voulu inventer les visages de mon père et de ma mère (les vrais), imaginer qui ils étaient, je me suis demandé s'ils m'avaient désiré ou si j'avais été un accident.

Et j'ai pleuré.

J'ai passé l'après-midi à chialer, à marcher au hasard, à chercher refuge sur les collines au-dessus de la gare.

Plus ça carbure dans le cortex, plus mes yeux déversent des fontaines.

Je pleure encore.

À présent il est 21 heures. J'ai vingt et un ans. Je suis désormais un homme. Par la loi, et par la vie.

Me voici revenu dans l'atelier vide (j'entends Roger tourner en rond à l'étage). Je commence à m'enfiler rasade sur rasade, d'abord la fameuse Turenne de midi, puis de la Fenouillette, du Grand Marnier, de l'Absolu de Coing, de l'armagnac, tout y passe, et surtout celle qu'on vend beaucoup parce qu'elle fait *local* et que je semble l'apprécier (j'aime l'orange) : la Gaillarde.

Ce soir, je n'ai pas l'allure gaillarde, je ne suis pas devenu un adulte malgré le calendrier, même pas le début d'un homme. Je ne suis qu'un petit enfant. Un gosse qui rêve d'avoir ses parents.

Comment vais-je vivre avec ça ?

Je m'écroule ivre mort derrière les chais. Après les vapeurs parfumées qui ont saoulé mon adolescence, je découvre l'alcool pour de bon. Roger pourra être content. Cette fois-ci je l'ai dans le sang...

Brive, le 19 septembre 1943

Chéri.

J'ai décidé de t'écrire de temps à autre dans ce cahier à spirale. Pour pouvoir te parler même quand tu es loin de moi.

Peut-être un jour te l'enverrai-je, ce carnet, si tu dois partir pour de bon, ou bien le relirons-nous ensemble si nous nous marions !

Pourquoi me laisses-tu aussi longtemps sans nouvelles ? Cinq jours, c'est trop long…

Je sais que nous devons demeurer discrets, pour notre sécurité, selon tes consignes, mais ton absence me ronge déjà. Je brûle de ne plus pouvoir te toucher, te parler, simplement te regarder.

Les moments merveilleux passés ensemble la semaine dernière défilent à nouveau dans mon cœur.

Je revois surtout notre rencontre, l'autre matin.

Ton regard était aussi ardent que le soleil. L'été se prélassait encore, au mépris de la guerre. Le ciel immaculé donnait des envies de liberté et d'amour. (Pourtant les fusils ont encore la parole. Nous sommes entrés dans la cinquième année de conflit. C'est déjà bien trop. Comment faire autrement ?)

Dès que je t'ai aperçu, seul sur le bord de cette route de campagne, adossé à ta voiture, j'ai été saisie. Ton visage carré, tes habits sombres et tes yeux limpides renvoyaient aux héros imaginaires de mon enfance.

Dans la fixité du lieu et du moment, tu affichais une beauté insolente et inaccessible. Sur ma bicyclette, mes jambes se sont mises à trembler. Mon cœur s'est emballé. Je suis passée devant toi prête à chavirer à chaque coup de pédale. Je n'ai même pas osé te sourire.

Toi, impassible sous la chaleur, tu te tenais debout, près du véhicule à cheval sur le bas-côté. Panne ? Accident ? Envie pressante ? Rendez-vous isolé ?

Tu ne m'as pas quittée des yeux un seul instant, comme si tu percevais mon propre trouble. À l'inverse de Victor Hugo, ton regard disait déjà « oui » avant même que ta bouche ait pu dire « peut-être »...

Ce regard qui s'enfonçait en moi comme un doux poignard. Il m'avait ferrée de loin, accompagnée durant toute mon approche, enrobée avec pudeur à l'instant de passer devant toi, et je l'ai senti encore glisser sur mes épaules après t'avoir doublé.

Cent mètres, depuis le sommet de la côte où tu m'es apparu jusqu'au virage où tu étais échoué, cent mètres qui ont duré une éternité.

Dans un éclair, j'ai réussi à capturer l'image de tes pupilles de braise, puissantes et troublantes. Leur azur profond m'attirait comme un abysse. Pourtant je n'y plongeai pas encore. Pas cette fois-là.

Tu as dessiné un trait amène sur ta bouche menue. Léger, juste marqué pour qu'il me touche.

Depuis cinq jours ton silence m'accable... Tu me manques terriblement. Tu sais comment me joindre.

Ton ange en ailes, Angèle.

Chapitre trois

PARIS, 2013. MERCREDI 24 AVRIL. Le petit bout de papier trône sur mon bureau. Ses chiffres fins et serrés me narguent.

Alors, vas-tu te décider ? Quand vas-tu appeler ?

Depuis une semaine, j'ignore ostensiblement son invite.

Pourtant, chaque matin au réveil, une angoisse me tenaille : et si ce garçon n'était pas intervenu ? S'il n'avait pas mis mes agresseurs en fuite ? Serais-je encore en vie ? Peut-être aurais-je succombé à la pression exercée sur mon larynx. Quel effet cela fait-il de mourir asphyxié ? Se voit-on quitter le monde ? A-t-on la volonté de crier mais l'impuissance de le faire ? Un son peut-il sortir d'une bouche suffocante ? D'ailleurs, me serais-je époumoné à demander de l'aide, quelqu'un serait-il intervenu ?

Ce soir-là, en tout cas, personne n'a bougé autour de moi.

Sauf lui.

Matt.

Est-ce le diminutif de Matthieu ? Si tel est le cas, avec sa peau caramel, pour sûr ses parents sont antillais. Ils sont très croyants là-bas. Mais adventistes, ou baptistes ?

Mattheus pour la version suédoise ? Ou alors Matthias pour la variante allemande ? Voire Matteu ou Mattéo pour l'option corse ? Bah, tout cela ne colle guère, il n'avait ni une tête nordique, ni l'accent traînant, ni le visage buriné.

Peut-être est-il d'origine africaine. D'un pays anglophone ? Matthew ? Que ferait-il alors en France ? Qui plus est à s'entraîner pour un marathon ? Je parie que c'est un sportif de haut niveau. Les Éthiopiens et les Kenyans sont les as de la course à pied. Mais, réflexion faite, eux sont ébène... pas chocolat au lait.

Oh, la barbe avec toutes ces questions ! Peu importe après tout.

Depuis une semaine, je cherche à oublier l'agression. Sans y parvenir.

L'image de ce Matt m'obsède.

Je revois son visage rayonnant se pencher sur moi, sa voix douce me demander si tout va bien, son sourire étincelant me redonner un peu d'espoir. Quand l'homme est plongé dans le noir, celui d'une prison, d'une nuit sans fin, ou d'une vie de tourment, le moindre éclat l'attire. C'est physique, animal, on ne fait pas appel à la raison, on ressent, tout bêtement. Le regard est d'abord attiré par la source lumineuse, puis tout le corps se tend vers ce nouveau possible. La force de la lumière est de redonner un premier souffle. Matt fut mon seul rayon ce jour-là, un rayon qui m'éclaire encore, une semaine après.

Comment remercier ce garçon ? Où le retrouver ?

Voilà pourquoi j'ai gardé le papier à l'encre bleue. J'ai envie d'appeler, de chercher sa trace. Mais je n'ose pas. Du reste, je ne tomberais pas sur lui. J'en ai la certitude. Personne ne transporte son propre numéro écrit à la main sur un bout de papier, c'est absurde ; le sien, on le connaît par cœur. Peut-être celui d'un ami. Le portable d'un collègue de travail ? La nouvelle ligne de sa mère ?

Mais pourquoi l'avoir glissé dans une pochette pour aller courir ?

Tout cela me paraît trop compliqué. Et ce dernier chiffre, illisible, qui ajoute un obstacle supplémentaire.

Chaque jour, alors que je tourne ces interrogations dans tous les sens en ouvrant les yeux dans mon lit, je penche la tête pour fixer au loin, sur mon bureau, la petite ligne bleue, posée bien en évidence, qui me défie.

Alors, quand m'appelles-tu ?

Oui, oui ! Promis, je vais composer ce foutu numéro…

Chaque matin, je me force à m'en convaincre. J'assène cette volonté dans mon crâne.

Or mes mains tremblantes, aussitôt que je suis debout, me rappellent à une autre obligation. Elles me convoquent pour le rituel qui m'anime depuis si longtemps et me permet de démarrer la journée : un café serré, un verre de blanc, un autre café serré, et deux autres verres de blanc. Et, comme chaque jour, le miracle s'opère. L'alcool coule dans mes veines et prend la place que j'ai laissée à l'abandon. Il dissipe mes yeux bouffis de la veille et ma bouche en carton. Même si c'est lui qui prend la direction des opérations, au moins je me sens bien. Mes doutes, mes questions existentielles, mes idées noires, mes pensées lointaines, mon obsession de Matt, tout s'échappe. Je respire mieux. Je revis. Lâchement, j'oublie le bout de papier, le numéro de téléphone, l'agression, et je descends au bar du coin acheter mon journal et m'envoyer mon second *starter* : un noir et deux blancs, sans soupir ni pause, c'est ma musique personnelle.

Pourtant, aujourd'hui, torturé entre l'envie d'appeler et le besoin de boire, j'hésite. Force et faiblesse partagées. D'ordinaire j'enchaîne machinalement après le deuxième café parce que ma Nespresso jouxte le frigo où je stocke en permanence une dizaine de bouteilles.

Cette fois-ci, je tends le bras vers le verre ballon, le regarde longuement, en sonde le fond telle une diseuse de bonne aventure. J'y lis ma journée à venir. Elle ressemblera comme deux gouttes de vin à celle d'hier, et d'avant-hier : un état second entre conscience et rêve. À l'extérieur, j'afficherai un air détaché et tiendrai ma barre, avec José, face aux commerçants, ou au restaurant ; à l'intérieur, je m'enfoncerai dans une ouate chaleureuse dont je ne mesure jamais la profondeur.

J'ai conscience du gouffre, cela ne m'empêche pas de sauter.

Avant je franchissais le pas fatidique sans réfléchir. Depuis quelques jours, le trajet est moins direct. Je tâtonne, je traîne entre l'express et le chardonnay.

J'ai déjà vécu ces hésitations, la première fois où j'ai arrêté de boire, en arrivant à Paris. Mon Dieu, que cela fut difficile.

Un sanglot me saisit. J'avance vers l'entrée et me positionne face au miroir.

Regarde-toi. Tu es redevenu une loque, comme durant les dernières années à Brive. Tu t'enfiles trois litres par jour. Bien sûr, tu ne sombres jamais dans un coma éthylique, tu nies la réalité.

Tu as beau te dire : Oui, je bois pas mal, mais bon, n'exagérons rien, ce n'est pas comme le cancer, ou le diabète, ou l'asthme (voilà de vraies maladies), les faits sont là, têtus et implacables. Toutes les deux ou trois heures, ta petite horloge interne te rappelle à l'ordre : vite, un verre ! Du blanc, du rouge, une liqueur, un whisky !

Oui, tu es un alcoolo.

Oui, je suis alcoolique.

Un demi-siècle que j'ai pris goût au biberon. Jamais trop (je ne suis pas Étienne Lantier, allons !), mais toujours assez. Ça, je le sais en effet.

J'ai pourtant réussi à m'abstenir une première fois. Vingt ans de pause, durant lesquels j'ai parcouru le monde : l'Inde, du Taj Mahal au palais des Vents de Jaipur ; le Nord américain, de Chicago et ses vents insolents à Boston la douce, en passant par les chutes du Niagara, Montréal et Québec ; la pampa d'Argentine et ses gauchos en équilibre sur leur monture ; la Muraille de Chine à perte de vue ; le cap de Bonne-Espérance où se mêlent les eaux de l'Atlantique et de l'océan Indien ; Venise, Istanbul, Saint-Pétersbourg et Rome, les réserves de crocodiles en Floride, la fabuleuse baie de Rio et la non moins superbe baie de Sydney.

J'ai aussi poussé les portes des plus grands musées. Je ne connaissais rien aux grands peintres, mais j'ai appris à ressentir l'émotion que peut dégager une toile. Ma préférée ? *Vue de Notre-Dame* de Matisse. Pourquoi ? Ce sont des sensations qui ne s'expliquent pas. Un tableau qui vous touche à ce point, c'est irrationnel. Le bleu crémeux d'où émerge la cathédrale stylisée, avec ses taches blanches : un cube flottant sur un océan de pensées. Ce bleu de Matisse me ramène, de façon étrange, à celui de l'écriture fine, sur le papier.

Et puis, adoptant la philosophie de Jules Renard (« Quand je pense à tous les livres qu'il me reste à lire, j'ai la certitude d'être encore heureux »), j'ai succombé à la lecture, sans frontières, aimant autant les univers de Carlos Ruiz Zafón ou de García Márquez que les personnages de Balzac ou les romans de Sartre.

Pourquoi ai-je abandonné tout cela il y a quatre ans pour replonger dans ma drogue ? Je venais de passer mes soixante-cinq ans.

Sans doute, le constat d'une vie vide. À ne rien construire de réel. À naviguer sur des mirages : voyages sans lendemain, société ré-enchantée par les artistes, histoires sur papier vécues par procuration. À attendre que les heures s'écoulent, que les secondes glissent, comme sur la grande horloge de la gare de Brive. Pour arriver où ?

Un soir de déprime, j'ai voulu goûter un whisky. Par simple curiosité. Juste un apéritif. Le pur plaisir de la dégustation. Erreur fatale. L'engrenage diabolique était relancé.

Ce matin, je pense à Matt. Il m'insuffle une force nouvelle. Mon rai de soleil...

L'autre jour, recroquevillé sur l'allée des Tuileries en position de fœtus pour me protéger, le sol se dérobait sous mon corps, je sombrais dans un vide vertigineux, j'avais peur, j'étais redevenu l'enfant que Roger frappait après une fugue un peu trop prolongée. Seule la voix de Matt m'a ramené à la surface : « Vous allez bien ? »

Je ferme les paupières pour mieux le revoir ; son souffle m'atteint à nouveau, je sens sa sueur, je devine ses grands yeux.

J'ai envie de lui répondre, là, tout de suite, à distance.

Mais que lui dire ? Lui mentir : « Oui, tout va bien », comme je le fais à tout le monde à tout bout de champ ? Lui avouer la vérité : « Non, je suis redevenu un ivrogne au fond du trou » ? Pour qu'il en fasse quoi ?

Mon regard plonge vers mes mains. Elles ne tremblent plus, le chardonnay a fait son effet. Je les porte à mon visage. Mes doigts rêches effleurent mes rides tout aussi sèches. Combien de fois ai-je pleuré ? Si peu, à part l'année de mes vingt et un ans ; mais pas la moindre larme de bonheur pour mon mariage avec Élise, ni de tristesse après le divorce (il faut dire que je l'ai assez trompée pour ne pas m'en vouloir de la quitter). Mon réservoir lacrymal ne fonctionne plus, il a été remplacé par une pompe à alcool.

Je reste insensible à tout depuis la blessure sur ma naissance.

Un véritable cataclysme émotif, ce dimanche où j'ai appris la vérité sur mon père, lui le héros moi le pochard, et sur ma mère, abandonnant la vie pour me l'offrir.

Les joies, les peines, les colères me sont étrangères, enfouies en moi sous la souffrance de leur double absence.

Ils m'ont tellement manqué.

De rage, je jette mon verre contre le miroir, brisant les deux, et je hurle. Pas à la mort, mais à la vie.

« Assez ! J'en ai assez ! »

Soit je finirai comme une loque, dans l'indifférence générale, soit je tente de donner un semblant de sens à mes dernières années.

Cette fois-ci, je ne veux pas laisser échapper ce garçon qui m'a peut-être sauvé la vie quand tout le monde détournait le regard.

Doucement, mes yeux s'embuent. Surpris, je relève la tête pour m'en assurer, pour vérifier que, oui, je suis encore capable de ressentir une émotion. D'un geste machinal, l'index appuie au coin de la paupière pour empêcher la larme de s'exprimer. Elle coule quand même.

Ma décision est prise.

Je fonce à mon bureau, saisis le papier, attrape au vol mon téléphone, et commence à composer le numéro.

Pour le dernier chiffre, j'essaierai les dix, au moins un sera le bon.

Au troisième, une voix féminine décroche. Mon intuition se confirme : il y avait bien une femme en filigrane.

À cet instant, un souvenir remonte. Celui des noces avec la mienne, il y a près de quarante ans. Aussitôt une seconde larme glisse le long de ma joue.

Chapitre quatre

Brive, 1974. Samedi 13 juillet. Un mariage est un pont entre deux êtres. Non ? En gaulois, *briva* signifie « pont ». Voilà pourquoi le petit passage de bois qui enjambait la rivière au croisement des routes romaines entre Lutetia et Tolosa (dans l'axe nord-sud) et entre Burdigala et Lugdunum[1] (dans le sens ouest-est) a donné son nom à la ville : Brive. À cette fragile passerelle a succédé un ouvrage en pierre à treize arches, lui-même remplacé au XVIIIe siècle par l'actuel pont Cardinal (avec cette appellation, le maire de l'époque entendait rendre hommage à son frère, le cardinal Dubois, que Saint-Simon décrivait comme un « petit homme maigre, chafouin et à mine de fouine » mais qui fut malgré tout Premier ministre du régent de Louis XV).

C'est sur ce pont que s'engage en fin d'après-midi le cortège, quittant l'avenue de Paris dans un concert de klaxons et sous les vivats des passants, nombreux en ce jour de marché (l'endroit a été rendu célèbre par la chanson *Hécatombe* de Brassens, qu'on entend parfois sur Europe n° 1, sauf que jamais aucune mamelle ne m'y a tapé ni sur la tête ni même dans l'œil).

---

1. Paris, Toulouse, Bordeaux et Lyon.

Sur les trottoirs, ça applaudit, ça crie « Vive la mariée ! », ça lance du riz. Même Charlou Reynal est sorti sur le perron de la Crémaillère, qu'il a reprise il y a dix ans, pour adresser un amical salut à ses amis Roger et Paulette. Je le connais assez peu. Ses moustaches sont désormais célèbres au-delà de la région, puisqu'il est en train de détrôner la légendaire Truffe Noire : sa cuisine est plus légère, plus raffinée, et sa truculence attire de nombreux curieux. Mais ce n'est pas chez lui que le dîner a été organisé.

Direction le château de Castel Novel, qui va donner au mariage une autre dimension et une image digne du statut familial ! Je fréquente Élise depuis sept ans, c'est une brave fille, généreuse et agréable à regarder. Elle n'est pas du même monde que nous. Notre relation s'est nouée naturellement au fil du temps que nous avons passé à nous côtoyer.

La première fois que je l'ai vue, elle avait quinze ans et demi. Elle avait accompagné son paternel, un maraîcher d'Objat, pour livrer les fruits à l'usine. La distillerie fut une révélation pour elle, elle me l'a raconté par la suite, un vrai coup de foudre pour cet univers unique. Durant tout le printemps de cette année 65, elle revint aussi souvent que possible avec son père. Pendant qu'il déposait soigneusement les cageots dans la réserve, puis se faisait régler dans le bureau (ce qui prenait un bon moment, car un verre accompagnait toujours la transaction), elle s'arrangeait pour traîner autour des chais et de l'alambic. Au début, sa discrétion lui garantissait une sorte de transparence, on ne la remarquait pas ; elle, elle observait avec attention chaque geste dans l'immense hangar. Puis sa curiosité l'incita à questionner les employés, qui refusaient de lui répondre, pour ne pas laisser s'éventer le moindre secret de fabrication : on la chassait alors gentiment vers la camionnette du maraîcher où elle se réfugiait dans une tristesse qui faisait peine à voir.

Remarquant son manège, Roger se prit de sympathie pour sa jolie frimousse. Il avait surtout remarqué son enthousiasme. Peu à peu, il l'autorisa à assister à certaines opérations, lui expliqua comment on distille : le mélange plante-alcool chauffé au bain-marie ; la vapeur qui monte dans le chapiteau, s'échappe par le col-de-cygne vers le serpentin plongé dans de l'eau froide, et donne, par condensation, un liquide clair et pur qu'on appelle l'« esprit parfumé » ; enfin, le subtil dosage de ce puissant breuvage à quatre-vingts degrés dans la liqueur sucrée. Avant l'été, il avait mis un entonnoir entre les mains de la gamine et la guidait dans ses premiers essais. Dès qu'elle eut seize ans révolus, en décembre de la même année, et parce qu'elle était fâchée avec l'école, Élise fut embauchée comme apprentie, au grand soulagement de son père qui n'en demandait pas tant.

En réalité, Roger avait très vite compris qu'elle aimait le métier et qu'elle y plongerait avec une ivresse charnelle. Tout le contraire de moi, qui avais raté mon bac, n'avais aucune formation solide, regardais filer les mois sans m'inquiéter, et restais enfermé dans une timidité maladive. Je donnais bien un coup de main quand on me le demandait, mais sans conviction.

Déjà gosse, je fuyais l'usine imprégnée de ses odeurs enivrantes pour jouer dans les rues alentour, et adolescent la passion du tennis m'a offert une échappatoire inespérée :

je m'y suis adonné plus que de raison. Pour traverser la ville et rejoindre les courts, je chevauchais ma mobylette Peugeot bleu ciel, l'une des plus modernes du moment. Dans les années soixante, la consommation tournait à plein, et si les crédits permettaient aux ménages d'accéder au progrès et au rêve, Roger (dont les affaires marchaient très bien) n'y avait pas eu recours : il s'était fendu d'un joli chèque pour payer ma bécane, comme s'il avait voulu acheter directement mon bonheur.

Quant aux filles, elles m'intéressaient, mais je n'osais pas les entreprendre ; mes copains de lycée jouaient les cadors au bal du samedi soir, je les soupçonnais cependant de ne guère aller plus loin. Mai 68 était dans les limbes, la pilule n'avait pas encore franchi l'Atlantique. Moi, je pataugeais dans mes sentiments. Je regardais Élise de loin, d'autant que je la trouvais bien jeune et n'aurais pas su comment l'aborder.

Après l'anniversaire où j'appris la vérité sur mes parents, en ce mois d'août 65, je refusai de continuer à aider Roger.

Je préférais passer mes journées dans la campagne. J'aime ces paysages vallonnés autour de la ville, ces rivières et ces bois, les sources surgies de nulle part, les clairières surchauffées au cœur de l'été. Je montais souvent à Lissac par le GR 46, parfois je filais à mobylette vers le pont de Grange où je trempais mes pieds dans la Corrèze, à l'endroit où elle se jette dans la Vézère. Par très beau temps je gagnais le Lot tout proche, avec ses crêtes calcaires pelées.

Durant ces longues balades, je ruminais ma colère et ma haine contre ceux qui s'étaient fait passer pendant plus de vingt ans pour ce qu'ils n'étaient pas. Je m'allongeais dans l'herbe, à l'ombre des châtaigniers qui entamaient leur floraison, et je m'inventais une autre vie en fermant les yeux.

Mon père Pierre, héros de la Résistance, m'aurait inculqué ses valeurs : courage, honneur, fidélité. Ma mère Angèle, par ses gestes tendres et son écoute attentive, m'aurait appris l'amour et le respect.

En lieu et place, l'autorité de Roger, d'un côté, et l'absence de Paulette, de l'autre, m'ont encadré.

Je pleurais tout mon saoul, et le soir je rentrais la tête basse, regagnant le logis familial parce que je n'avais nul autre endroit où aller. C'était tellement plus simple d'avoir le gîte et le couvert à disposition. Le courage me manquait pour m'enfuir, construire autre chose. Je me sentais seul, faible, résigné, abandonné. C'est là que j'ai commencé à boire régulièrement.

Nous sommes restés en froid près de trois ans, Roger et moi – je passais mon temps à ne rien faire, il me le reprochait ; je réclamais une voiture (« pour chercher un boulot c'est devenu indispensable, tu comprends »), il refusait net (« commence déjà à travailler ici, après on verra »), mais m'a quand même laissé passer le permis –, avant qu'Élise nous rapproche à nouveau. Elle venait d'être intronisée dauphine officielle à la distillerie, mais depuis quelque temps je voyais bien qu'elle me cherchait. Elle me demandait sans cesse comment j'allais, me souriait avec une fausse tendresse, tentait d'amorcer un échange.

Un soir, elle m'apostropha plus brutalement :

« Tu sais, j'ai remarqué que tu dérobes une ou deux bouteilles par semaine.

– Qu'est-ce que ça peut te faire ?

– C'est juste que… si quelqu'un s'en apercevait…

– Je pensais rester discret.

– Tu l'es, et d'ailleurs… », un étrange sourire se forma sur ses lèvres, « j'arrange les comptes pour que personne ne remarque rien.

– Merci. » Je marquai une pause. « Pourquoi fais-tu cela ?

– Tu ne les aimes pas, lâcha-t-elle froidement.

– Qui ?

– Ne fais pas l'idiot, tu as très bien compris.

– Pas vraiment…

– Tu as tort. Ils ont gardé le secret pour te protéger.

– …

– Ton grand-père m'a tout dit.

– Ah ! De quel droit ?

– Écoute, Charles, tu ne vas pas ressasser ta rancœur et ta souffrance toute ta vie ! Roger est malheureux de te voir comme cela. Il faut que tu sortes de ton silence, que tu t'ouvres un peu…

– C'est bon, laisse tomber. »

J'allais m'éloigner d'elle quand elle me retint par le bras. Je sentis la fermeté de sa poigne. Puis sa main se fit plus douce. Elle approcha son visage pour me souffler « Je peux t'aider, si tu veux » avant de sceller sa bouche à la mienne.

Cloué sur place, je me laissai embrasser sans résistance, avant de m'écarter, de la fixer des yeux, et de me coller à nouveau à elle. Je sentis la pointe dure de ses seins sur mon torse ; en me penchant, j'ouvris à nouveau mes lèvres vers elle.

Peu doué pour les sentiments, j'avais jusque-là soldé toutes mes aventures féminines par des fiascos. Mes conquêtes me reprochaient dans le désordre : hautain, pas assez bavard, expéditif, ne sait pas ou ne veut pas s'engager, manque de présence (même quand j'étais en leur compagnie, ce qui me paraissait bizarre), dégage une haleine de coyote quand il force un peu trop sur la bouteille.

En réalité, j'ai élevé autour de moi un mur de verre infranchissable.

La révélation sur mes parents a été une agression d'une violence inouïe. Depuis, je me protège de tout. Je me suis construit une carapace destinée à me préser-ver du moindre envahissement émotionnel. Carapace infranchissable.

Et pourtant, semaine après semaine, Élise a su douce-ment glisser à l'intérieur de cette cage invisible et intime.

De mon côté, par facilité, ou par trouble réel, j'ai succombé à cette tentation. Sans ressentir une passion farouche, je me suis néanmoins engagé dans cette relation.

Jusqu'à ce beau samedi d'été de toutes les couleurs (drapeaux et rubans fleurissent déjà partout pour demain, jour de fête nationale), qui marque notre union pour le meilleur et pour le pire.

Tout à l'heure, dans la collégiale Saint-Martin lors de l'échange des alliances, j'ai lu dans le regard d'Élise une joie intense.

Roger, dans cette église noire de monde, affichait sa fierté par un sourire qui se révélait plus sincère et plus profond que je ne l'aurais pensé.

Paulette, elle, paraissait étrangère à ce qui se passait, comme toujours.

« Mais pourquoi épouse-t-il une paysanne ? » a-t-elle

demandé lorsque Roger lui a annoncé la nouvelle il y a quelques semaines. « Parce qu'il l'aime, je suppose », lui a-t-il laconiquement répondu.

À l'arrivée dans les jardins de Castel Novel, dont Colette disait « Personne, – mille bêtes – une nourriture aussi simple qu'alliacée, un beau pays, du silence », un accordéoniste enveloppe les invités avec les *Bruyères corréziennes* de Jean Ségurel.

Tous les notables de Brive sont là : le bedonnant Madurel, président de la chambre de commerce et d'industrie ; le juge Varnet, un maigre bonhomme avec qui Roger déjeune souvent car le palais de justice n'est pas très loin de la distillerie ; le directeur de la Banque de France, tout en smoking ; Mme la sous-préfète, qui représente son mari appelé à Paris pour le 14 juillet ; le nouveau proviseur de Cabanis, nommé après les grandes grèves lycéennes de mars contre la réforme Fontanet (dissoute avec la mort de Pompidou) ; même le député-maire, le débonnaire Carbonel, bouche pointue, cheveux en brosse, costume de laine, nous fait l'honneur de sa présence.

C'est durant le cocktail sur la terrasse du château, au moment où je fais semblant d'apprécier les félicitations d'une commerçante empestant la violette et les joues déjà rouges sous son immense chapeau fleuri, que je surprends non loin de nous la conversation suivante :

« Alors, mon cher Roger, te voilà l'homme le plus heureux ?

– Tu ne crois pas si bien dire, René.

– Comment cela ?

– À toi je peux bien le dévoiler, notre amitié remonte avant guerre…

57

– Les Années folles, en effet. Mon Dieu, nous étions bien jeunes !... Tu peux avoir confiance.

– Je sais, nous sommes une génération de parole. »

Roger s'arrête un instant, hésite tout de même, jette un œil autour de lui, ne m'aperçoit pas derrière la tête en fleurs de mon interlocutrice, et entraîne son ami à l'écart. Je me décale à peine pour entendre la suite.

« J'ai soixante-quinze ans, René. Je suis fatigué de manier l'alambic depuis un demi-siècle. Notre fille unique, Angèle, est morte dans les conditions que tu sais, et son nigaud de gosse n'a pas la fibre pour continuer le métier. Heureusement, je lui ai trouvé cette petite, à Charles. Elle est magnifique. Pas physiquement, vois-tu, mais dans l'amour qu'elle porte aux liqueurs. Si tu savais comme elle travaille bien. » Il ferme les paupières, prend une longue respiration, avant de conclure : « Oui, ce jour est béni.

– Tu veux dire que le mariage est arrangé ?

– Absolument, mon vieux. Par moi, et j'en suis fier ! Parce que c'est elle qui va sauver l'honneur de la famille. »

À ces mots mon cœur s'arrête de battre, puis s'emballe. Élise et Roger auraient passé un accord ? Je n'y crois pas. Je ne peux pas y croire.

Un sifflement aigu couvre les bavardages, la musique du mariage, les tintements de coupe de champagne. Il me perce les tympans.

Ma poitrine va exploser. Ça cogne dur là-dedans.

Mes jambes tremblent, je m'extirpe de la foule des convives, bondis hors de l'assemblée, fonce vers la DS enrubannée pour la noce et prends le volant.

En colère contre le monde entier, je m'enfuis le plus loin possible.

Chapitre cinq

PARIS, 2013. JEUDI 25 AVRIL. Faut-il se méfier des femmes ? D'Élise, j'aurais dû. De Maika, la jolie voix féminine qui a décroché à mon appel, hier, je n'ai pas besoin. Qu'ai-je à craindre ? Rien. Je viens donc la voir en toute sérénité, ici, avenue de Flandre. Le lieu a longtemps eu mauvaise réputation. Le village de La Villette – intégré à Paris en même temps que celui de Belleville pour devenir en 1860 le dix-neuvième arrondissement parisien – a toujours été très populaire : un melting-pot de Juifs d'Europe centrale et d'Arméniens, puis de Grecs, d'Italiens ou de Polonais, ensuite de Maghrébins et de Noirs africains, et plus récemment d'Asiatiques !

Dès la création du port, au lendemain de la Révolution, la multiplication des entrepôts (comme les deux Magasins Généraux jumeaux) et la construction d'usines attirèrent les ouvriers ; puis les abattoirs regroupés là par Hausmann firent du quartier un petit Chicago, avant l'arrivée du métro qui le transforma en cité-dortoir.

L'illustration la plus parfaite ? Les Orgues de Flandre, cet ensemble nideux de quatre tours (dont la plus haute d'habitation à Paris) et de bâtiments. Construits dans les années soixante-dix, ils s'intègrent aujourd'hui au quartier Riquet-Stalingrad, l'un des plus sensibles de la capitale. Mais comment peut-on entasser des gens pour vivre dans un endroit aussi sordide ? Deux mille logements sociaux sur un espace de la taille d'un timbre-poste. Et l'on s'étonne que ce soit une cité *difficile* !

C'est là, sous l'un de ces étages bizarrement décalés en surplomb de la rue et donnant à l'immeuble une forme en V, que se trouve le McDonald's où travaille Maika.

Quand j'ai dit ce matin à José que nous venions ici pour le déjeuner, il m'a d'abord pris pour un fou. Il refusait de conduire la Jaguar dans un « endroit si malfamé, où on va se faire agresser, monsieur, c'est évident ». Je ne le pensais pas si poltron (en tout cas pas davantage que moi). Les Portugais sont en effet courageux et tenaces : ne sont-ils pas descendus dans la rue un 25 avril pour glisser des fleurs aux canons des fusils militaires ?

« José, vous aviez tort. Regardez cette avenue avec son terre-plein central planté d'arbres, à la manière des Ramblas de Barcelone. Agréable, non ?

— Ce n'est pas vraiment l'Espagne ! Encore moins le Portugal... lâche-t-il avec ironie.

— Eh bien, depuis la création du parc de la Villette et de la Cité des Sciences, c'est quand même plus respectable, par ici. »

Sceptique, José m'adresse un regard de travers dans son rétroviseur.

L'image du quartier s'est peut-être améliorée, mais pas le stationnement. La voiture reste en double file, sous la surveillance de son chauffeur peu rassuré, qui de toute façon, n'importe où dans Paris, ne la quitte des yeux sous aucun prétexte.

Maika a sa pause à 15 heures. J'ai réussi à attendre jusque-là pour déjeuner. Il y a foule sur le trottoir, dans un sens ou dans l'autre. Des hommes seuls qui déambulent nonchalants, quelques couples en grande discussion – ça parle fort et ça agite les bras –, des femmes en boubou ou en djellaba lestées de lourds cabas au bout de leurs longs bras maigres, ou des mammas africaines colorées des pieds à la tête avec deux ou trois marmots agrippés à leurs jambes, à leurs poignets, ou (et) à leur cou.

Je dois être le seul Blanc du paysage. Il a peut-être raison, finalement, José ! La rasade de whisky que j'avale avant de descendre de voiture ajoute à ma détermination.

Le fast-food est sombre – mon Dieu, quelle épaisse odeur de graisse ! Je patiente au comptoir derrière deux solides gaillards qui commandent sans hésiter « Un Royal Deluxe, une grande frite – avec plein de ketchup s'te plaît – et un Coke large, plus un Double Cheese sans le menu » pour le premier, et « Un Wrap Cheese, un Big Mac, une Potatoes, et moi aussi un large Coke » pour l'autre ! Entre deux gros écouteurs plaqués sur les oreilles et une immense casquette (tournée vers l'arrière pour celui qui paraît le plus âgé), leur chevelure a complètement disparu.

Quand vient mon tour et que la serveuse réclame sa commande sans même me regarder, je reste pétrifié, ne sachant que choisir.

« Heu... un hamburger suffira. Avec une bière.

– Uniquement en cannette. Ça ira ?

– Oui, oui, parfait.

– Vingt-cinq ou trente-trois ?

– ...

– La taille : vingt-cinq ou trente-trois centilitres ? »

Sans hésiter, je prends deux fois trente-trois centilitres, et paye en tout moins de sept euros, même pas le prix de deux ballons au zinc en bas de chez moi, au coin des rues d'Assas et Vavin, celui qui me sert de résidence secondaire.

Dans la salle, je jette un coup d'œil circulaire et m'installe, comme convenu avec Maika au téléphone, à la petite table isolée, au coin à droite en vitrine, qui, ainsi qu'elle l'avait prévu, est libre à cette heure-ci. Elle me rejoint au bout de dix minutes, j'ai eu le temps d'aller reprendre une bière.

« La nourriture n'est pas terrible chez vous… »

Ma remarque (ou mon souffle de houblon) récolte un éclair noir dans son regard. Je change de registre.

« C'est joli, "Maika".

– J'ai qu'un quart d'heure de pause, dépêchez-vous !

– Oui, oui, bien sûr. Il n'empêche, vous portez un beau prénom, qui vous va bien.

– Tout le monde pense que c'est africain, alors que mon père est basque. C'est lui qui l'a imposé à ma mère. Elle est ivoirienne. J'aime bien, moi aussi. Ça sonne frais et dynamique. Tout moi, quoi ! »

Contre toute attente, elle envahit notre espace intime de son rire sonore, qui efface aussitôt le brouhaha du lieu. Je m'autorise un sourire. Elle est jeune, un peu potelée, mais ne manque pas de charme avec sa bouche pulpeuse et ses yeux pétillants. Ses ongles couverts d'un vernis éclatant accentuent son côté jubilatoire. Cette fille paraît saine et prête à croquer la vie à pleines dents.

« Bon, pour en revenir à votre appel, hier, je le connais pas, votre type ! Franchement, je ne sais pas ce que vous me voulez.

– À vrai dire, Maika, moi non plus. Que vous m'aidiez…

– Je ne le connais pas, mais je sais que c'est un bel

enfoiré. Il a su jouer le couplet de la drague. Fortiche, le mec. Mais pour rappeler après, plus personne !

– Et pour cause : il avait perdu votre numéro ; c'est moi qui l'ai récupéré sur un papier tombé de sa poche. Je voudrais retrouver Matt. Comment l'avez-vous rencontré ?

– Ah oui... Matt... J'avais déjà oublié... Pourtant il a insisté... Matthew, en vrai... Il roulait des mécaniques en le disant, comme si je devais penser qu'il venait direct des Amériques... » Elle réfléchit. « C'était mercredi ou jeudi de la semaine dernière, le jour où il a fait si chaud. Il devait être vers les 5 heures de l'après-midi. Sûr, parce que je venais pour prendre le service du soir. Je descends toujours à Laumière, et je traverse le canal au-dessus du bassin de la Villette, par la passerelle, pour arriver jusqu'ici. Quand il m'a bousculée, je crois qu'il ne m'avait pas vue, je débouchais de l'escalier sur le quai.

– Il courait ?

– Oui. Enfin, il m'a expliqué qu'il réalisait des... je sais plus bien... des trucs en série, je crois... pour s'échauffer, parce qu'il allait faire une... comment il a dit, déjà ?... Ah oui ! Une "sortie longue".

– Pardon ?

– Je m'en souviens parce qu'il s'en est largement vanté, en prenant des grands airs : "Une sortie longue, c'est quand on court plusieurs heures d'affilée, deux heures au moins, parfois trois. Des sorties comme ça, il en faut au minimum une par semaine pour bien préparer un marathon." Il a appuyé sur le mot. "Marathon". Comme si ça devait faire de lui un dieu... J'ai pas réagi, alors il m'a détaillé son parcours : il allait longer le canal jusqu'à la Seine, prendre les quais piétons, monter aux Tuileries, et revenir. "Comme ça, je peux avaler les kilomètres même en plein Paris, ça change un peu de l'autre direction, vers Sevran." Vous savez quoi ? Il faisait le coq devant moi, avec sa musculature. Du baratin pour m'embobiner, c'est tout. Il m'était rentré dedans comme un malpropre, alors il cherchait à se faire mousser. »

À mon tour je lui raconte comment Matt a marqué une pause dans sa « sortie longue » pour me venir en aide. Lui explique qu'il a été le seul, parmi des dizaines de couards, à ne pas m'abandonner à mes agresseurs. Ce pourquoi je ressens la nécessité de le remercier.

« Mais pour cela j'ai besoin de le trouver. »

Maika fouille dans sa mémoire, en extirpe peu d'éléments intéressants : il est encore étudiant, cherche du travail, n'a pas de petite amie, adore aller au cinéma voir des films américains, et s'il s'échauffe autour du bassin, c'est parce qu'il habite dans le quartier.

Sauf que les immeubles sont nombreux et peuplés par ici, je me vois mal faire le guet devant chacun d'eux. Je pourrais bien sûr passer plusieurs jours sur un banc, assis face à l'eau. Peut-être le verrais-je alors pratiquer ses exercices. Ou pas...

« Dites donc, il vous a confié beaucoup de choses, je trouve, pour une rencontre au hasard d'un quai.

— Bon, OK. Je le traite de salaud comme ça, mais je buvais un peu ses paroles.

— C'est pour cela que vous lui avez donné votre numéro ?

— Dans une vie de tristesse, où les soirées de misère suivent des journées sans plaisir, tomber sur un mec beau comme ça, et qui vous parle, ça veut dire que vous l'intéressez un peu... Enfin, vous voyez, quoi ! C'est inespéré ! Surtout pour une nana un peu rondelette, comme moi...

– Vous auriez pu lui dire que vous travaillez juste là.

– Trop tôt ! Imaginez qu'il soit pervers, ou affolé de son machin. On ne sait jamais à qui on a affaire. Je n'ai aucune envie d'être harcelée. D'abord, on discute. Ensuite, on se voit dans des lieux neutres. Après, on avise. Mais oui… s'il rappelait… je vous jure que je décrocherais. Je crois qu'il s'est passé un truc entre nous… »

Désolée de ne pas pouvoir m'aider davantage, Maika se lève, s'apprête à retourner à ses fourneaux, avance de quelques pas et s'arrête, puis se retourne avec une lueur dans les yeux.

« Maintenant que j'y pense, il me semble qu'il a évoqué un endroit où il allait le samedi soir, une sorte d'atelier d'artistes sous l'ancienne voie ferrée !

– Promis, si je le vois, je lui redonne votre numéro.

– C'est au bout de l'avenue. Vous trouverez ?

– Ne vous en faites pas, Maika, je devrais m'en sortir. » Et tandis qu'elle s'éloigne, je lui lance dans un sourire : « Vous savez, je vis à Paris depuis trente ans ! »

En disant cela, je me rends compte que ce n'est pas tout à fait vrai. Un bref calcul dans ma tête : vingt-six ans. Vingt-six ans que j'ai quitté Brive. Et je garde en mémoire ce jour de l'hiver 86 où je suis venu vendre la distillerie…

Brive, le 25 septembre 1943

Chéri,

Enfin tu m'as recontactée. Je me languissais de toi. Les jours s'éternisaient.

Depuis une semaine, dès que le carillon de la boutique résonne, mon cœur sursaute et je me précipite vers chaque individu qui entre.

Hier, papa a trouvé cela étrange, il s'est inquiété auprès de moi : « Tu attends quelqu'un ? »

Gênée, j'ai brodé une excuse autour de la guerre : « Non, pas du tout, mais avec les événements, tu sais bien, les acheteurs se font rares. Alors, dès qu'un nouveau client pousse la porte du magasin, je suis tellement heureuse pour toi que je vais vite lui demander ce qu'il désire. Une vente est une vente, mon petit papa... »

Je crois qu'il n'est pas dupe. Avec les Allemands qui s'abreuvent en abondance de nos liqueurs du terroir, les affaires marchent fort bien. D'ailleurs, j'en ai presque honte quand je vois, en ville, les gens crever de faim : tout est rationné, le pain, la viande, le lait (pour les légumes, la débrouille fonctionne pas mal grâce au marché, qui reste un peu fourni).

Je suis si heureuse que tu ne m'aies pas oubliée. J'étais un peu inquiète après cette semaine de silence. Je n'ignore pourtant pas que tes activités t'occupent, que tu dois beaucoup te déplacer.

Tu ne m'en dis guère plus, mais je devine.

J'aurais presque sauté de joie, ce matin, devant ton messager.

Comme l'autre fois, il m'a demandé un « Absolu de Coing, fait de l'année, s'il vous plaît, je n'aime pas quand les alcools ont trop vieilli ». C'est notre mot de passe.

Comme l'autre fois, il m'a glissé avec son billet pour payer un petit papier où tu me fixes le lieu et l'heure du rendez-vous.

Tiens, un nouvel hôtel, à la sortie d'un bourg, non loin de la ville. C'est toujours très excitant.

Celui de ce soir est à moins de vingt minutes à vélo. Il me tarde d'y être.

Vivement de te revoir ! En chair et en os
(surtout en chair, je n'en peux plus de ne pas
caresser ta peau).
Je t'aime déjà trop…
Ton ange en ailes, Angèle.

Chapitre six

PARIS, 1986. VENDREDI 21 NOVEMBRE. Le siège du groupe de spiritueux intéressé par la distillerie se situe sur une petite place, nichée dans un recoin du XVIᵉ arrondissement et ignorée à la fois des touristes et des Parisiens, où s'alignent de très beaux immeubles. Elle doit son nom à un certain Levi Morton, ambassadeur des USA à la fin du XIXᵉ siècle. Il avait installé là sa résidence et la légation américaine. L'ancien patronyme, « place de Bitche », devenant alors, dans sa sonorité anglaise, trop incongru pour Son Excellence[1], on avait rebaptisé le lieu « place des États-Unis ».

Une réplique de la statue de la Liberté, qui trône désormais au bout de l'allée des Cygnes, y a séjourné quelques années, avant d'être remplacée après la Première Guerre mondiale par un monument aux volontaires américains. Et dans le square Thomas-Jefferson (aux faux airs de New York, avec ses bancs, ses lampadaires et sa grille inspirée de Battery Park) on trouve pêle-mêle Washington qui serre la main de La Fayette, le buste d'un ambassadeur terrassé en poste par une crise cardiaque, et un dentiste du Connecticut qui inventa l'anesthésie locale (on ne le remerciera jamais assez).

---

1. *Bitch*, en anglais, signifie « salope ».

Au tournant du siècle, pas celui-ci, l'autre, à la Belle Époque, les familles fortunées et les plus grands collectionneurs rivalisèrent pour construire sur cette place des hôtels particuliers à leur image : les Ephrussi au numéro 2, les Deutsch de la Meurthe au numéro 4, les Bischoffsheim au numéro 6. Autant de bâtisses cossues qui abritent désormais des ambassades, des cabinets d'avocats, ou les appartements de grands capitaines d'industrie.

Et le siège d'une entreprise qui va changer ma vie.

C'est là que j'arrive, devant le numéro 12, en cette fin d'année 86 qui s'annonce aussi froide que l'hiver précédent. Les marronniers et les tilleuls du square font grise mine. Je remonte mon col et m'avance hardiment vers la lourde porte surmontée d'un éventail en fer forgé. Au loin, huit coups viennent de sonner à l'église de Chaillot.

Je suis monté de Brive il y a deux jours, pour m'imprégner de la capitale. Ah, les plaisirs du luxe ! Plonger dans cet océan dont vous êtes devenu, par magie, le centre de gravité. Ces hôtels où tout vous est dû. Ces vendeuses de grands magasins qui se mettraient à genoux pour vous servir. Ces taxis à portée de main à tout instant et en tout lieu pour vous conduire au bout du monde si tel est votre désir.

Bon sang ! On s'habitue vite à ces choses-là.

Ici, en quarante-huit heures, ma petite vie étriquée de province – gérer des fournisseurs et vérifier les expéditions, répéter *ad nauseam* les mêmes gestes au-dessus de l'alambic, affronter les visages immuables des collaborateurs, supporter les jérémiades infernales d'Élise

(« Pourquoi ne veux-tu pas d'enfants ? Qui reprendra après nous ? ») – est déjà oubliée.

Tout cela est fini !

Dans trente minutes, j'aurai signé.

Une voiture dévale l'avenue d'Iéna, en contrebas. Bruit de moteur éphémère et encore rare : au petit jour, Paris s'anime d'une circulation en pointillé.

Sous prétexte d'un train à la mi-journée, j'ai réussi à convaincre mes interlocuteurs d'un protocole très matinal. En réalité, je sais qu'avant 10 heures mon haleine ne me trahira pas et que je ne risque aucun geste déplacé. En effet, l'alcool me rend un peu égrillard. Il n'entraîne chez moi ni agressivité verbale ni violence physique, et n'anesthésie pas trop mes facultés. Mais je suis sous son emprise capable de raconter une histoire grivoise ou de pimenter une conversation par quelque mot grossier ou par une attitude vulgaire.

À éviter à tout prix ce matin !

Au-delà de son caractère inconvenant, un tel écart pourrait tout remettre en cause.

Mon salut est dans cette vente. Un salut double.

Salut d'abord pour l'ivrogne.

Je sais que m'imbiber à longueur d'année ne me dessine aucun avenir. Depuis plusieurs mois, je tente de ralentir ma consommation. C'est une véritable course contre la montre : ne rien avaler le matin, un seul verre à midi et un autre le soir. J'ai beau essayer, chaque tentative se solde par un Waterloo. Les aiguilles à mon poignet, que j'érige en gardiennes d'écluse, ne résistent jamais à la déferlante. En moins d'une semaine, retour au volume départ, c'est-à-dire mes deux à trois litres par jour. C'est aussi une bataille contre l'horloge biologique. Qu'il est loin, le bonheur de vérifier mentalement l'écoulement des secondes, les yeux clos face au cadran de la gare de mon enfance. Désormais, le temps est tout autre. Les années, les mois peut-être, me sont comptés si je maintiens cette allure face à un ennemi qui me terrassera quoi qu'il arrive.

Salut ensuite pour le prisonnier.

Je me sens emmuré dans une famille qui n'est pas la mienne : à l'absence de mes vrais parents Pierre et Angèle, faussement remplacés par mes grands-parents Roger et Paulette, se sont ajoutés le mariage arrangé avec Élise et un métier par obligation, cette distillerie qui ne me procure aucun agrément. Ma vie n'est qu'un immense mensonge. Pourquoi la révolte, tapie au fond de mon cœur dès le soir où j'ai surpris cette conversation à Castel Novel, n'a-t-elle jamais jailli au grand jour ? Comment ai-je pu garder cette brûlure enfouie si longtemps ? Sans doute ma vieille carapace de verre, celle qui m'empêche de ressentir les grandes émotions que sont la joie, la tristesse, la peur ou la colère, s'est-elle épaissie. Sans parler de mon intempérance, affreuse, qui n'offre à mes chagrins d'autre choix que de se noyer au fond de verres à répétition.

Je dois arrêter tout cela : boire, la distillerie, Élise (le divorce est en cours). Je veux m'installer à Paris.

Paris, j'en rêve depuis notre mariage.

Pas tant par attirance pour les lumières de la capitale, son tourbillon nuit et jour, ses théâtres, l'Opéra ou le Louvre (je ne sais même pas si je m'y habituerai, moi le provincial qui aime les arbres et les prés verts ; on verra bien), mais parce que c'est la terre promise que je me suis inventée au fil de ces années souterraines. Trouver un établissement à la pointe pour un sevrage efficace. Vivre, enfin, sans contraintes ni reproches.

Ces résolutions s'ancrent un peu plus en moi chaque fois que je ressasse ma haine.

En ouvrant à Élise les portes de l'entreprise, Roger avait donc *dès le début* l'ambition de lui ouvrir aussi mes bras ? Quel génial stratagème ! Face à mon désintérêt, pour que l'affaire reste dans la famille, il prodigue son enseignement à une fille avenante et lui fait comprendre qu'en m'épousant elle reprendra l'affaire ! L'honneur est sauf, la tradition artisanale et ancestrale pérennisée pour une génération familiale supplémentaire, et moi je suis casé. Roger se rachète une conscience à bon compte et peut mourir tranquille.

Après une majorité en forme de cadeau d'anniversaire empoisonné, voilà une estocade bien peu glorieuse.

Depuis plus de dix ans, tout ça cogne sous mon crâne sans réaction de ma part. J'ai tout accepté. Tout. J'ai eu la lâcheté de vivre avec. Le soir des noces, ma fugue a duré une demi-heure. Je suis revenu, penaud, faire la fête, j'ai juste bu un peu plus. Beaucoup plus.

Toute une vie de résignation.

Jamais le courage de saisir mon destin.

Jusqu'à cette année.

Paulette est morte au printemps. Enfermée dans son monde, elle a quitté définitivement le nôtre. Une dame de compagnie l'a escortée jusqu'au bout dans sa douce folie. Incinérée en grande pompe, on n'a même pas pu disperser ses cendres. Un coup de frein fatal lors du transport a ouvert l'urne, dont le bien précieux s'est répandu dans tout le véhicule. Un aspirateur a permis à ma grand-mère de retourner encore plus vite à la poussière...

Roger ne peut plus m'empêcher d'agir. Avant l'été, je l'ai fait placer en maison de retraite médicalisée. Je n'en suis pas très fier. Mais bon, toute honte bue, je trouve que je lui rends une belle monnaie de sa pièce. Et puis, de quoi peut-il se plaindre ? À cette adresse luxueuse, il dispose d'un appartement privé et d'une aide-soignante attitrée.

À quatre-vingt-sept ans, son cancer de la prostate l'a amoindri, il commence à décliner, lui aussi. Alors, quand il tente de s'insurger contre moi et que, dans la pièce commune de l'établissement, il se met à hurler « Laissez-moi sortir ! Ce petit saligaud va tout donner aux Américains, je dois aller l'en empêcher ! », son assistante le calme doucement et l'invite à regagner son petit appartement (« Vous serez plus tranquille, vous pourrez lire. Ou mieux, si vous voulez, nous allons jouer aux dominos ensemble »), puis elle le tire doucement par la manche.

Non, je ne donne pas tout aux Américains. Mais oui, je vends.

Les repreneurs sont le premier groupe de spiritueux en France. Une bonne affaire pour eux. Les négociations auront duré trois mois à peine. Ils rachètent à un prix qui m'a laissé pantois. Même pas besoin de discuter comme un marchand de tapis. Je ne m'attendais pas à une telle proposition. Il est vrai que l'entreprise est saine. Ils feront du profit. La somme faramineuse qu'ils engagent permettra à Élise de refaire sa vie, et à moi de m'installer à Paris dans le plus grand confort et d'assurer mes vieux jours.

Avec la moitié de l'argent que je garde, je vais acheter un immense appartement. J'aimerais bien près du Panthéon, ou du Luxembourg, ce quartier agréable où j'ai vagabondé tout au long de l'après-midi, hier. L'autre moitié, bien placée, me garantira des rentes mensuelles pour vivre comme un nabab. Je me vois déjà avec chauffeur et personnel de maison !

« Voilà, apposez votre paraphe ici ! Sans regret ? »

Nous y sommes. Dès que j'ai sonné à la porte, un huissier m'a conduit auprès du président du groupe, avec qui j'ai bu un café serré en devisant. L'homme, crâne giscardien et lunettes chiraquiennes, un peu imbu de lui-même, affiche une jovialité toute méridionale, et ne cache pas sa satisfaction de voir la distillerie tomber dans son escarcelle : « Un plus énorme pour nous ! Nous allons ajouter une gamme de produits du terroir qui nous faisait encore défaut. »

Dans son bureau, décoré de boiseries dorées, deux immenses tableaux se font face, de chaque côté de la table où sont posés les documents. Les toiles captent mon regard, qui navigue de droite à gauche, fasciné par leur puissance évocatrice. Je les trouve si proches et si différentes à la fois.

« Chagall et Matisse. Notre décorateur a voulu instaurer un dialogue entre les tons vifs de l'un et les couleurs plus douces de l'autre. Très beau, n'est-ce pas ? »

Mon œil demeure fixé sur l'œuvre la plus violente, le Chagall j'imagine. Des cercles, un rouge sang, des triangles, et des personnages embarqués dans ce maelström infernal : souffrent-ils ? Je pense aussitôt à la diabolique manœuvre de Roger, ce tourbillon qui m'a emporté en silence, et mon esprit se perd encore dans ce passé dont je tente de me débarrasser.

« Ce sont des reproductions, bien sûr », poursuit mon hôte. Il marque une légère pause avant d'ajouter : « Je vous sens hésitant, mon cher Charles. Vraiment sans regret ? »

L'interrogation me paraît sincère, comme si mon acheteur ne souhaitait pas me forcer la main. Qu'il se rassure, elle ne tremblera pas, cette main.

Sauf peut-être par manque. Je n'ai rien bu ce matin, et ma langue commence à coller au palais. Le pari d'une désintoxication me semble d'un seul coup insurmontable. Pourtant, c'est lui qui me donne la force de coucher mon nom au bas du papier officiel.

Je signe.

Vais-je enfin avoir la belle vie ?

Chapitre sept

PARIS, 2013. SAMEDI 27 AVRIL. Suivant les conseils de Maika, je me retrouve ici en pleine nuit, à la recherche de l'atelier d'artistes dont la jeune femme m'a parlé. L'endroit est sordide, guère rassurant. Une sorte de bout du monde coincé entre la ville et les boulevards des maréchaux. L'ancienne voie ferrée est à l'abandon.

Cette *petite ceinture* transporta marchandises, puis voyageurs, tout autour de Paris dès le milieu du XIXe siècle, avant d'être peu à peu délaissée au profit du métropolitain. Les trente-deux kilomètres – destinés à raccorder les gares de compagnies concurrentes – couraient, à l'air libre, dans des tranchées, sous des tunnels, ou sur des ponts et viaducs.

Aujourd'hui, certaines associations réclament la renaissance de la ligne pour compléter le réseau du métro. D'autres proposent de la transformer en piste cyclable sur voie propre, avec stations Vélib' et ascenseurs à bicyclettes aux endroits les plus pentus ! La Ville de Paris réfléchit, elle, à en faire un espace vert. Mais pour l'heure, c'est l'anarchie.

En contrebas des Buttes-Chaumont, des reliefs de soûlerie et des graffs sur les contreforts de pierre suggèrent une vie nocturne régulière et intense. Le long d'un tronçon dans le XIIe arrondissement, un paysagiste a redonné vie à un jardin cheminot. Une petite portion près du bois de Boulogne est accessible aux piétons. Sinon, la plupart du temps, les rails servent de décharge aux riverains.

Avenue de Flandre, la voie ferrée est aérienne. Le pont central, rénové il y a quelques années pour aménager la chaussée, reste encadré par les arches d'origine. C'est là que je débarque, un samedi soir comme les autres dans un quartier populaire de la capitale. Minuit approche. Du monde déambule encore sur les trottoirs malgré l'heure avancée. Des clients finissent de dîner au kebab du coin. Les boutiques de bonnes affaires ont baissé leur rideau.

L'arrivée de notre Jaguar ne laisse pas indifférent un groupe de jeunes en pleine discussion. Des sifflets fusent, on s'extasie, un doigt pointe vers nous.

Mon chauffeur, une fois de plus, n'en mène pas large, ce qui a le don de m'agacer.

« Allons, José ! Ce n'est pas le Bronx, tout de même !

– Enfin, vous voyez bien… Ils sont agressifs.

– Épatés, mon vieux. Pas agressifs. Épatés, et envieux. Une voiture de luxe qui débarque sous leur nez… Mettez-vous à leur place. Ce n'est pas le XVIe ici.

– Oui, mais ça craint… Et puis…

– Quoi encore ?

– Ils sont tous… Enfin, vous voyez bien…

– Jeunes ?

– Noirs, monsieur ! Ils sont noirs. Noirs ou arabes ! »

Dois-je rappeler à José que dans les années soixante-dix, même chez moi à Brive, ses frères portugais avaient mauvaise réputation ? À l'époque, *Le Douanier* de Fernand Raynaud racontait comment l'étranger du village, celui qui venait « manger le pain des Français », avait été chassé par le ressentiment collectif ; sauf que cet étranger était le boulanger, ce qui avait privé tout le monde de pain ! Éternel racisme, qui s'adapte simplement aux couleurs ou aux accents du moment.

Depuis mon agression aux Tuileries, j'ai changé. En dix jours, j'ai acquis une conscience plus aiguë de la lâcheté humaine.

La lâcheté d'abord de tous ceux qui ne sont pas intervenus ce jour-là. Elle me dégoûte. Comment peut-on laisser une personne vulnérable se faire tabasser sous ses yeux ? Je sais bien, tous les arguments peuvent m'être servis : peur, indifférence, faiblesse ; je n'oublie pas l'épisode du métro. Mais le statut de victime aiguise mon amertume. Mon seul sauveur fut Matt.

Ma propre lâcheté aussi, le manque de courage qui a régi toute ma vie. À chaque épreuve, je me suis refermé comme une huître par refus de regarder la réalité en face, de l'accepter, et au besoin de la combattre. J'ai tout accompli par résignation, par fatalité, sans m'exprimer ni réagir. Oui, les blessures ont été sévères à l'intérieur, mais jamais extériorisées. Encaisser, souffrir, continuer comme si de rien n'était. Mon seul sauveur fut la bouteille.

Justement, une rasade de la flasque qui m'accompagne en permanence, et me voilà parti à la recherche de Matt. Saisissant mon renouveau de courage, je laisse José au volant de sa voiture, garée à cheval sur la piste cyclable non loin des jeunes qui nous observent.

Je leur demande où sont les ateliers. Sous les arches attenantes au pont, des espaces aménagés sont fermés par des portes cadenassées. Un des garçons s'approche de moi et m'indique de l'autre côté de la rue près de la bouche de métro, la rampe qui monte vers les voies.

Pour y accéder, il faut pousser une vieille grille ; elle grince lourdement sur ses gonds. Sous les voûtes, à gauche, de la lumière et une musique classique signalent une présence. J'ouvre le battant de bois et tombe sur un type chevelu et barbu en train de lancer des jets de peinture sur un grand panneau d'aluminium. Une longue et fine cigarette se consume au bout de ses lèvres ; près de lui, un cendrier rempli témoigne de son absence d'inspiration. Des toiles sont empilées tout autour, et une armée de pinceaux semble prête à l'assaut.

L'œil torve qui me dévisage confirme que je dérange.

« Matt comment ? De toute façon je connais pas !

– Mais si ! Un jeune Noir... enfin... heu... chocolat, disons... » Je m'embrouille face à l'idiotie de ma remarque. « Antillais, je crois. Il vient traîner ici le samedi soir... »

Je sens bien que je manque de conviction, et que l'autre reste insensible.

Dans l'alcôve suivante, une femme en survêtement triture dans tous les sens des barres de fer et les assemble pour leur donner un semblant de vie. Étranges statues, entre Meccano et reliques rouillées. Sur Matt, elle n'en sait pas plus que son voisin. Sous la troisième arche, un amateur de têtes de mort. En bois, en fer, en plastique ; peintes, dessinées, en couleurs, en noir ; des grandes, des petites, en forme de bagues, en colliers. Les murs en sont tapissés. Du lugubre à l'état pur. Le bonhomme, penché sur un des bibelots qu'il frotte de toute l'énergie de son poignet avec un chiffon sale, me conseille de monter voir dans la vieille gare, au-dessus.

Je grimpe la rampe en terre vers la petite maison de deux étages au bord des rails. Au rez-de-chaussée, fenêtres et portes sont murées, mais à l'arrière du bâtiment une échelle aménagée en escalier contre le mur permet d'accéder à l'étage. Avec prudence, dans la pénombre, je l'emprunte.

Juste au moment où j'arrive à la dernière marche, un raffut terrible éclate à l'intérieur. Mon cœur s'emballe, je sursaute, manque dégringoler jusqu'au sol, et réalise qu'il s'agit simplement d'un groupe musical. Joue-t-il du rock, du grunge, du rap, de l'électro ou de la house, tous ces trucs dont on parle à la radio ? Pour sûr, un boucan d'enfer !

Remis de mes émotions, je me faufile en douceur, m'assois dans un coin, et protège mes tympans avec la paume de mes mains. Ils sont trois à malmener leur instrument : le guitariste se trémousse et hurle des paroles incompréhensibles, le bassiste semble acquiescer de la tête en triturant ses cordes, le batteur est Matt. Il frappe les caisses disposées en arc de cercle devant lui dans un tempo effréné qui met en valeur les muscles de ses bras et de son torse nu et luisant.

Comme ses deux camarades me tournent le dos, quand le silence revient c'est lui qui m'aperçoit le premier, sans me reconnaître.

« On a de la visite, les gars ! »

Les autres se retournent, le temps pour moi d'avaler une nouvelle lampée de ma fiole.

« Chab le gadjo[1] !

– Mince alors ! Il s'est perdu…

– Hé, le débris ! T'entends ? Qu'est-ce que tu fous là ? T'es en rade ?

– Je crois qu'il est bourré, oui.

– Un clodo ? »

1. « Regarde le type. »

– Ou alors un producteur qu'a entendu parler de nous. »

Tous les trois éclatent de rire.

Transi, partagé entre la crainte d'être à leur merci et la joie de voir enfin mon sauveur, je prends une profonde respiration pour me relever.

« Pardonnez-moi, je ne veux pas vous déranger. »

Leurs rires redoublent et résonnent dans la pièce vide. Je m'approche de la batterie, me penche par-dessus les cymbales, et m'adresse à celui que je suis venu chercher jusqu'ici :

« Matt, c'est vous que je viens voir. »

Sa tête recule d'un seul coup, il me dévisage, et me lance avec hargne :

« Putain, tu pues le whisky, mec ! J'te connais pas, d'abord !

– Bien sûr, il fait trop sombre ici. Souvenez-vous... les Tuileries, l'agression, il y a dix jours. »

Sous le regard interrogateur de ses comparses, le jeune homme fronce les sourcils, réfléchit un instant, s'approche à nouveau de moi, me regarde intensément, et renifle fortement avant de lâcher :

« Qu'est-ce que vous empestez ! Je vous remets, oui, à présent. Les deux nanas en *ninja*, c'était pour vous ? » Il s'esclaffe. « Elles vous ont tout piqué, ou presque. Je crois que c'est un gang organisé. J'ai lu un article dans *Le Parisien* cette semaine, vous n'êtes pas le seul à être tombé dans leurs griffes. » Il se tourne vers ses amis. « C'est bon, les gars, y a rien à craindre. » Puis de nouveau vers moi. « Et alors ?

– Je vous cherchais.

– Pourquoi ?

– Je veux vous remercier.

– De quoi ? Je n'ai rien fait d'exceptionnel. J'ai même pas pu les empêcher de vous dévaliser, pouffe-t-il à nouveau.

– Vous êtes intervenu. C'est déjà ça...

– Ouais... » Il se reprend. « Dites donc, comment vous m'avez retrouvé ?

– Je vous le raconte autour d'un verre quand vous aurez fini. D'accord ?

– Désolé, je ne bois pas. J'ai horreur de ça. Par contre, j'ai l'impression que, vous, vous avez votre dose pour ce soir. » Il donne des coups de baguettes sur une de ses caisses, fait mine de régler une cymbale, et se retourne vers moi. « Et puis je n'aime pas beaucoup qu'on vienne m'emmerder quand je joue avec mes potes. Alors dégagez de là. Vous ne me devez rien !

– J'insiste, Matt. » Je ne me laisse pas impressionner. Mon regard se fixe dans le sien, pour mieux le convaincre. « Je voudrais vous dédommager.

– Ah ?

– Vous n'imaginez pas à quel point vous m'avez sauvé.

– T'emballe pas, mec ! » Et il ajoute dans un nouvel éclat de ses dents blanches : « Je vous ai soutenu pour vous relever. Point barre. Vous n'étiez tout de même pas sur le point de passer l'arme à gauche !

– Matt, écoutez-moi. Laissez-moi vous revoir et vous parler dans un endroit tranquille. » Je colle mon visage au sien pour lui souffler hors de portée de ses amis : « Je suis riche.

– Merde, vous sentez l'alcool à plein nez ! J'aime vraiment pas ça.

– Désolé, mais vous savez... En réalité, j'ai beaucoup d'argent.

– J'm'en balek qu'tu sois large !

83

– Pardon ?

– Je m'en fous que vous ayez du pognon. » Il me dévisage avec une certaine pitié. « D'ailleurs, on ne dirait pas. Fred a raison, vous ressemblez plus à un clochard qui vient cuver ici, peinard à l'abri du monde, qu'à un bourge du VIIe en mal de charité.

– Pourtant, vous avez vu ce que ces garces m'ont volé aux Tuileries ? Je vous assure, ce n'était pas du toc.

– Écoutez, je sais pas... » Il s'écarte, baisse le regard, prend quelques secondes de réflexion, finit par dire : « Laissez-moi, maintenant. On doit continuer à répéter.

– Je veux *réellement* », j'appuie avec insistance sur le mot, que je répète, « réellement vous aider. »

Dans mon cerveau, je cherche comment le convaincre, les idées se bousculent, j'observe ses amis, et tout à coup je rebondis sur une de leurs remarques.

« Par exemple pour produire un disque. »

Matt se raidit. Jette un œil à son tour vers ses comparses. Revient vers moi, me fixe longuement. J'ai touché dans le mille. Je crois que l'argument le fait réfléchir, puis fléchir.

« Bon, OK. Retrouvez-moi demain à 11 heures au bistrot d'en face, Aux Ateliers. Ce sont des copains qui le tiennent. »

Tout sourires, le cœur en joie, je le remercie et me dirige vers la fenêtre par où je suis entré, sous le regard amusé des deux autres, impatients de reprendre leurs gammes. De loin, Matt me lance :

« Et soyez à jeun ! Sinon, pas la peine de venir. »

À jeun ? Arrêter de boire ? Pour la deuxième fois de ma vie. En serai-je à nouveau capable ? La première a été si dure. Il y a tout juste vingt-cinq ans...

Brive, le 2 octobre 1943

Chéri.

L'autre jour, tu m'as demandé si j'accepterais de t'aider, à ma manière, en servant de relais.

Par amour, je suis prête à tout pour toi.

Tu m'ordonnerais de traverser le pays pour te rejoindre, je le ferais.

Les yeux fermés, j'obéirais à la moindre de tes injonctions. J'accepte de devenir ta chose, ton objet.

Même si je dois prendre des risques.

Le jour où tu me l'as proposé, j'étais à la fois terrorisée et excitée.

J'ai eu peur de ne pas savoir où je posais le pied, ni comment faire.

Mais j'étais si heureuse de la confiance que tu me témoignais.

Je me suis dit aussi que je pourrais te voir plus souvent. Un peu plus ouvertement...

Tu imagines bien que je n'ai mis ni papa ni maman dans la confidence. Ils m'interdiraient de sortir ! Déjà, s'ils savaient que l'on se fréquente...

Ton messager est passé à la boutique, en fin de matinée. Nous allons donc nous retrouver ce soir.

Comme tu me l'as suggéré, je note tout ce que je vois en ville, j'enregistre tout ce que j'entends, je glane un maximum de renseignements.

Ce n'est ni compliqué ni dangereux !

L'alcool attire tout le monde. Nous en voyons passer de toutes les couleurs au magasin.

La majorité de nos clients sont les hôteliers et les restaurateurs (un bon digestif est leur meilleur atout), ils sont toujours au courant de tout !

Sinon, je suis sûre que nous servons à la fois des types proches de la Résistance et des collabos. Sans parler des Allemands : tous les officiers sont déjà venus au moins une fois.

Bref, les langues se délieront vite devant une jeune fille innocente, à qui on donnerait le bon Dieu sans confession...

Tu auras donc droit tout à l'heure à mon rapport sur l'oreiller... (Heu... rapport... officiel !).

En attendant l'autre mission dont tu m'as parlé : me rapprocher de l'homme que tu m'as indiqué pour avoir des informations.

Tu m'en diras peut-être davantage ce soir ?

J'attends avec impatience le moment de te rejoindre...

Ton ange en ailes, Angèle.

Chapitre huit

Paris, 1988. Mercredi 24 avril. C'est donc là, le long du quai d'Orsay, que je vais commencer mon apprentissage de la sobriété. Napoléon était encore empereur lorsqu'une institution privée religieuse venue d'outre-Atlantique a pris pied en France. Première église américaine implantée hors des États-Unis. Des protestants, qui aimaient se retrouver pour entretenir leur foi. Mais il a fallu attendre près d'un demi-siècle pour qu'ils établissent un lieu de culte attitré. Une petite chapelle a d'abord été construite du côté des Champs-Élysées, avant que l'édifice actuel ne dresse son imposante flèche cuivrée en bord de Seine.

Inspirée de l'architecture gothique flamboyante, la bâtisse est incrustée de minuscules briques rouges. Elle est posée face à un cimetière protestant, aujourd'hui disparu, qui se trouvait sur l'île dite des Cygnes, effacée à son tour lorsqu'elle a été rattachée à la berge. Plus de mille cadavres y furent jetés après le massacre de la Saint-Barthélemy. Ce fait a-t-il été déterminant pour les réformés du Nouveau Monde au moment de choisir le lieu d'implantation de leur église ? En tout cas les prospectus que j'ai consultés ne manquent pas de mentionner le charnier.

Sur ce quai, ce soir, ma foulée trébuche. Qu'il est dur à

franchir, ce premier pas ! Voilà plus de cinquante minutes que je tourne en rond, en d'interminables allers-retours sur l'esplanade. À cette heure avancée, les promeneurs se sont esquivés, quelques riverains en profitent. Un type, sorti en coup de vent de l'immeuble au coin de la rue, a laissé son chien grogner après moi, inquiet peut-être de me voir rôder dans ces beaux quartiers. N'ont-ils donc pas l'habitude, depuis près de trente ans, de voir les groupes se réunir ici ?

Ma décision est prise, je l'ai mûrie. Je me prépare à ce moment depuis de longs mois. Pourtant, à l'instant de pousser la porte de l'église, le courage me manque. Dans quelques minutes, à 20 h 45 précises, la réunion hebdomadaire commencera au deuxième étage de l'annexe.

Une nouvelle fois je m'arrête devant le grand portail de fer qu'une femme vêtue d'un tailleur sombre et d'un polo bleu est en train de rabattre. Elle a le visage sobre, presque austère, de celles que l'amour de Dieu suffit à habiller, et qui ne connaissent ni fard, ni mèche en folie, ni accessoire de pacotille. À mon hésitation, elle fait semblant de ne pas me voir pour ne pas m'inciter à repartir, mais comprend tout de suite. S'appliquant à son ouvrage, elle attend une bonne minute avant de glisser doucement :

« Il faut passer par le petit porche, juste là, à droite. »

Aucun jugement dans son regard. Pas de pitié non plus. Ni de compassion. Juste un encouragement qu'elle accompagne du coin des lèvres. Je lui souris à mon tour, pour la remercier, ce qui me pousse à gravir enfin les deux marches. À l'intérieur, un autre palier vire à droite. Là, il n'y a plus qu'à suivre les flèches au-dessus du panneau avec les deux lettres enchevêtrées dans un rond : « *AA, first floor* ».

En quittant Brive, je savais qu'il me faudrait un jour en passer par là. Pourtant, je n'imaginais pas qu'une boule aussi puissante me rongerait l'estomac. Mon corps, parcouru de frissons, résiste pour ne pas trembler comme une feuille. Je me sens tel un collégien au premier jour de lycée. Comme Jacques Brel sur le point d'entrer en scène. Ou pareil à la fumeuse avant sa radio du poumon. J'ai peur. Peur de ceux qui m'attendent là-haut. Peur de me foutre à poil. Peur d'échouer dans ma tentative.

Tout est allé si vite !...

Après la vente de la distillerie, comme je l'espérais, j'ai trouvé un appartement dans le VIe arrondissement. Grâce au montant de la transaction – je ne suis toujours pas revenu de la somme –, j'ai pu m'offrir un immense duplex, au dernier étage d'un immeuble des années soixante, que j'ai réaménagé à mon goût. Au reste, ai-je seulement un goût ? Paulette, qui m'avait occulté de son champ de vision, ne m'a jamais rien appris, ni l'harmonie des couleurs, ni l'alliage des matières, encore moins le choix d'objets à mettre en valeur. Quant à Roger, il m'emmenait une fois par mois aux Nouvelles Galeries, près du théâtre, à Brive, pour m'acheter le strict nécessaire : un pantalon, une ou deux chemises, un pull avant chaque hiver, des chaussettes et des slips (la mode des caleçons n'avait pas encore détrôné le kangourou blanc).

Dans mon nouveau logement, des ouvriers ont agrandi le séjour, posé un escalier monumental, et redonné une certaine jeunesse aux commodités. Ils ont aussi décoré ma chambre avec ces couleurs vives qui règnent depuis le début des années quatre-vingt. Comme la pièce est grande, dans un coin j'ai installé un bureau en merisier sur lequel trône un Minitel dernier cri. Je dispose de deux autres grandes chambres d'amis, avec salle de bains. Sinon, j'ai fait doubler le volume de la cuisine en cassant la cloison d'une pièce adjacente (un ancien cellier) pour que Thérèse, qui vient chaque jour préparer mes repas et faire le ménage, dispose d'un espace à sa convenance. Summum du luxe, j'ai une piscine privée sur le toit, côté arrière du bâtiment. J'aime m'y prélasser par beau temps, l'été.

Mes fenêtres donnent directement – que rêver de mieux ? – sur les arbres du Luxembourg. Je peux même, assis à ma terrasse du huitième, et par jour de grand calme dans la rue Guynemer, profiter du chant des oiseaux. Sauf quand les voisins du dessous s'écharpent. Lui est un directeur de banque tout juste à la retraite, qui s'ennuie à mourir depuis qu'il n'a plus de comptes à gérer ni à rendre. Elle, qui n'a jamais travaillé de sa vie, se retrouve encombrée par ce mari nerveux comme un oiseau en cage. Avant, j'imagine que chacun se racontait sa journée devant le journal de la Une (plus sérieux depuis l'arrivée du jeune Poivre et le passage de Masure au week-end). Désormais collés l'un à l'autre en permanence, non seulement ils n'ont plus rien à se dire, mais cette proximité les insupporte et ils s'injurient au moindre prétexte !

À côté, nettement plus agréable, une pianiste virtuose (je crois qu'elle joue dans le Nouvel Orchestre Philharmonique de Radio France, en tout cas j'ai vu sa photo dans un magazine du week-end) s'adonne corps et âme à ses gammes. Certains pourraient trouver cela agaçant, la répétitivité et les tâtonnements sur le clavier. Pas moi. Je découvre au contraire la beauté d'un son envoûtant, et la richesse du piano dans ses passages *allegro forte*, ses berceuses tout en volupté, ou ses mélodies rondes et suaves à vous donner la chair de poule. Je me suis promis de solliciter un jour cette voisine de talent pour qu'elle m'invite à un récital.

Voilà mon nouvel environnement. J'ai abandonné mon passé et son lot de mensonges. Sans aucun regret. En trois mois, le divorce avec Élise a été prononcé. Et sa situation réglée : en plus de la somme appréciable que je lui cède, son précieux savoir-faire a été repris avec les murs de l'entreprise. Désignée gérante salariée, elle continuera de produire des liqueurs qui feront les beaux jours de la maison familiale (pour des raisons commerciales, les bouteilles gardent notre nom).

Par contre, m'attaquer à mon vice aura demandé plus de temps. Ne plus taquiner le goulot est un Everest pour tout alcoolique. La maladie – c'en est une, même si je refuse de l'admettre – est aussi sournoise qu'implacable. Malgré ma volonté absolue de cesser de boire, je n'y arrive pas. À la dépendance physique (mes mains tremblent tant que je n'ai pas commencé ma descente aux enfers quotidienne) s'ajoute une obsession mentale (on ne pense qu'à ça du matin au soir, même quand on se dit qu'il faut en finir avec ce démon). Bref, je n'y parviens pas. Pas tout seul, au moins.

Et c'est ainsi que je me suis retrouvé aux Alcooliques Anonymes. Un reportage télévisé sur cette méthode venue des États-Unis m'a séduit ; j'ai alors mené quelques recherches à la grande bibliothèque de Beaubourg.

Après tout, pourquoi ne pas tenter cela ?

Au départ, j'envisageais plutôt une véritable cure de désintoxication dans un hôpital spécialisé. Mais je suis incapable de franchir le seuil d'un tel établissement. C'est idiot, je ne me vois pas séjourner au long cours dans un lieu pareil. Un déni de pathologie, sans doute.

Là, comme me l'a dit en m'indiquant l'adresse l'homme que j'ai eu au téléphone la semaine dernière, « chacun vient quand il le souhaite, et se sent dans une sorte de famille ». Au moment où il a prononcé le mot, j'ai sursauté. Une *famille*. Étrange, moi qui ai la sensation de n'en avoir jamais eu.

Sur le palier du deuxième étage, une lumière s'échappe d'une pièce au bout d'un long couloir sombre. La salle, encadrée de panneaux de bois, est très éclairée. Deux tables ont été assemblées pour former un grand carré. Une dizaine de personnes sont assises, en silence.

Les épaules rentrées, la nuque courbée vers le sol, j'entre, partagé entre angoisse et honte, avec une impression de flotter. Comme aveuglé, je ne vois rien ni personne. Quelqu'un m'avance une chaise, on me propose une boisson chaude, « thé ou café ? ». Oui, un peu de café, pourquoi pas ?

Je m'assieds, on me sourit, un gobelet à l'odeur de mauvais Nescafé surgit sous mon nez, on me glisse :

« Ne t'inquiète pas, regarde comment ça se passe. Tu n'es pas obligé de revenir. Mais, si tu le veux, nous t'aiderons. »

Un homme ? Une femme ? À vrai dire, je ne vois rien.

Plusieurs autres voix s'adressent à moi, avec bienveillance : « Tu verras, ça marche », « Ne t'occupe pas de Dieu, même s'il est dans le programme, c'est pas important », « Tu sais, ce n'est pas une secte ».

La réunion commence. Un modérateur indique la marche à suivre : pas d'interruption, pas de débat, tout le monde aura la parole. Le tour de table s'engage.

L'un dit sa fierté d'avoir résisté vingt-quatre heures supplémentaires, l'autre raconte comment un coup de fil au parrain a permis d'éviter le geste fatal d'un verre trop attirant, un troisième évoque son rapport général à la boisson. Une femme se fait même poétesse du pathétique : « L'alcool a été un passeur de grisaille, il m'a transportée ; dans mon malheur, il a ouvert les volets et fait entrer la lumière. Mais c'était une lumière artificielle. »

À la fin, quand vient mon tour, la gorge nouée et le visage décomposé, j'ouvre une bouche pâteuse. Aucun son ne sort, je reste bloqué. Pas envie de me livrer devant des inconnus, pas comme cela, dès le premier soir.

Je baisse les yeux, balbutie un mot d'excuse inaudible. Perdant pied, je sens une bouffée de chaleur m'envahir. Les yeux rivés sur mon gobelet vide, les mains moites nouées sous la table, je parviens à peine à lâcher dans un souffle que « je voudrais vivre normalement, sans être sous emprise ».

On me sourit, un jeune gars m'encourage (« reviens nous voir, ça ira mieux la prochaine fois »), le modérateur me tend une enveloppe, avec un carton qu'il faut que je lise (« c'est important, les douze règles à respecter »), mes voisins les plus proches m'écrivent leur numéro de téléphone sur une feuille : « tu appelles dès que ça ne va pas », « surtout tu n'hésites pas », « on ne te laissera pas tomber ».

Face à tant de solidarité, un sanglot secoue mes épaules,

puis un autre. Des larmes commencent à couler sur mes joues.

À bientôt quarante-quatre ans, me voilà en train de chialer devant un groupe de gens tous aussi égarés que moi. C'est ça la vie ?

Je me sens comme un enfant triste. Un gosse perdu qui réclamerait ses parents.

Ce qui m'est impossible.

Chapitre neuf

Paris, 2013. Dimanche 28 avril. Nous arrivons en même temps aux Ateliers. Moi par l'avenue de Flandre en voiture sous la conduite de José, Matt à pied depuis une rue perpendiculaire. Nous entrons prendre place et un café.

« Vous savez, Matt, j'ai tenu plus de vingt ans.

— Sans boire un seul verre ?

— Pas un seul. Surtout pas !

— Même pour le plaisir ?

— L'alcoolisme est une maladie irréversible : on peut stopper l'évolution, mais on n'en guérit jamais. Impossible de redevenir un buveur social. La sobriété nous est interdite, nous sommes condamnés à l'abstinence. Donc, pas la moindre goutte. C'est d'ailleurs l'erreur fatale que j'ai commise il y a quatre ans.

— Ah...

— J'ai replongé pour un whisky.

— Un soir de déprime ?

— Un coup de mou. Je n'ai pas très envie d'en parler », ajouté-je en baissant la tête.

Le bistrot, juste de l'autre côté de la rue par rapport à l'ancienne gare où j'ai retrouvé le jeune homme hier soir, est peu fréquenté en cette fin de matinée. Un habitué qui tutoie le patron décortique le journal en sirotant son rouge, accoudé au comptoir. Entre deux âges, il arbore une mine fatiguée, et semble déjà épuisé par ce qu'il n'a pas encore entrepris aujourd'hui. Les traits sont tirés, les rides creusées, il doit fumer pas mal aussi. Veuf ? Marié mais malheureux dans sa vie ? Père de famille atteint du même mal que moi ? Ce mal qui l'exilerait loin de ses enfants un dimanche matin pour venir assouvir ici son démon intime...

Au fond de la salle, un jeune couple (les locataires du dessus ?) avale un petit déjeuner – café, croissants, et jus d'orange – en organisant sa journée. Ils sont jeunes et beaux, très épris l'un de l'autre à en croire leurs yeux qui brillent. Leur fraîcheur tranche avec le lieu, sale et vieillot. Pour eux, ce sera cinéma en début d'après-midi, ou bien lèche-vitrines dans le Marais, ou alors une promenade main dans la main le long des voies sur berge (merci, Delanoë, d'avoir rendu piétonne la Seine dominicale). L'ivresse qu'ils dégagent, cette ivresse-là, fait envie.

Matt et moi sommes assis face à face, à l'une des tables collées derrière la vitrine verte qui avance sur le trottoir, ce qui offre davantage de clarté et une vue imprenable sur la rue. C'est lui qui me relance :

« Et pour arrêter la première fois ?

– Un an après mon arrivée à Paris, je suis allé aux Alcooliques Anonymes. C'était très dur. J'ai failli ne jamais pousser la porte de l'église américaine où j'ai commencé. Quand on est rongé, la frénésie de l'alcool détruit les meilleures intentions. On a beau se jurer d'arrêter, la promesse reste suspendue à du fil à coudre. Il faut oublier demain. Tout le travail se fait sur l'instant présent. C'est ce qu'ils appellent le "Programme des vingt-quatre

97

heures" : ne pas boire aujourd'hui. Peut-être serai-je tenté demain... Et alors ? Pourquoi me préoccuper de demain ? Mon problème, c'est de résister *maintenant*.

– Du coup, vous y alliez tous les jours ?

– Au début, oui. Je ne pouvais pas tenir tout seul. Paris est formidable pour cela, car il y a plusieurs centres ; je pouvais en trouver un pour chaque jour de la semaine. Quand j'allais craquer, j'appelais un autre membre du groupe, qui m'encourageait ou me disait de passer le voir. Alors on discutait. Certains téléphonaient directement chez moi et prenaient des nouvelles. Un joueur d'échecs s'était rapproché parce que je l'avais amusé en lui expliquant que moi, les échecs, je les collectionnais. Tout le secret de leur méthode est là : partager le combat. Parler, être solidaires les uns des autres. Peu à peu, voyant que je tenais le coup, j'ai espacé mes visites, et ensuite, pendant de nombreux mois, je n'y suis plus allé qu'une fois par semaine. Jusqu'à ne plus y aller du tout au bout de cinq ou six ans. » Je donne un léger coup de menton en direction de Matt. « Mais je vous ennuie avec mes histoires. Parlez-moi plutôt de vous.

– Moi, vous voyez, c'est pas l'alcool qui me galère – de toute façon je déteste ça, j'ai trop vu mon oncle Jacques bourré du soir au matin –, non, c'est le taf.

– Oui, Maika m'a dit que vous étiez au chômage. Qu'aimeriez-vous faire ?

– Chanteur. Vous avez vu, hier soir, comme on déchire grave, avec mes potes ? » Il éclate de rire, avant de reprendre : « Non, ça c'est pour la frime. En vrai, j'ai une passion pour l'histoire. J'aurais voulu être enseignant, ou chercheur, enfin, quelque chose dans le genre, pour fouiller sans arrêt dans les bouquins, sur Internet, aller voir des vestiges, des monuments, voyager, rencontrer des gens, les questionner. Bizarre, n'est-ce pas, pour un gamin des quartiers pauvres comme ici ?

– Non, pourquoi ? Il y a pire comme addiction. » Je délivre un sourire amer. « Je trouve celle-là plutôt enrichissante. Par ailleurs, je ne crois pas à la fatalité des lieux, sinon des types comme Mandela n'existeraient pas.

– C'est drôle que vous parliez de lui… Sinon, à propos de richesse, celle de mes vieux est limitée. Donc pas les moyens d'aller à l'université ! Je me contente des livres de la bibliothèque municipale. Après mon bac, j'ai cherché du boulot. Les jobs mal payés et sans avenir existent, mais on s'en lasse. Pourtant j'y crois. J'y arriverai, j'en suis sûr. »

Il m'impressionne par sa force de conviction, sa ferveur, et son optimisme.

« D'où vous vient cet amour du temps passé ? lui demandé-je.

– Comme Lorànt Deutsch : de *La Dernière Séance* d'Eddy Mitchell ! Non, blague à part, j'ai eu un super prof d'histoire au collège. On l'appelait Paulo, parce qu'il ne portait que des polos. Je sais, c'est débile, mais ça nous amusait. Des Lacoste. Il en possédait des dizaines. Chaque jour une couleur ou un col différents, ou une fois à manches longues une fois à manches courtes, ou dans un tissu nouveau. Il était cool : jamais de jugements sur nous, ni de comportement de père Fouettard, et surtout toujours clair et intéressant. Quand il ouvrait la bouche, on buvait ses paroles. Un truc de ouf ! Personne ne mouftait dans la classe. Même les mouches arrêtaient de voler. Il vous captivait grave, à raconter les Romains, les guerres de Religion, la Renaissance, ou les délires de

Napoléon. N'empêche, le Nabot, il était balèze, il a tout refait, le code pénal, les départements, les impôts, les fonctionnaires, et tout le barda. Bon, d'accord, il a eu ses morts sur la conscience. Mais pas autant que l'autre malade de Hitler. Là aussi, c'est une période fascinante.

– À qui le dites-vous ! »

Je me sens tout bête, d'un seul coup, à lâcher ces mots. Ce garçon me confie sa fièvre pour l'évolution du monde à travers les siècles, et moi je ramène la question à mon histoire personnelle. Bien sûr, je suis né pendant l'occupation allemande. Et alors ? Mon sort ne présente aucun intérêt à ce moment de la conversation.

Néanmoins, suspendu à cette seconde hors du temps, et face à l'enthousiasme du jeune homme, une réflexion gagne mon esprit. Me voilà bientôt en bout de course – j'ai presque soixante-neuf ans – et depuis le jour où tout a basculé, à ma majorité, j'ai construit ma vie en négatif.

J'ai d'abord rejeté ceux qui m'avaient menti, mes grands-parents Roger et Paulette, au lieu de remonter vers ceux qui m'avaient conçu, mes vrais parents Pierre et Angèle. En apprenant à connaître ces derniers (j'ignore même le nom de famille de mon père), aurais-je ressenti et vécu les choses différemment ?

J'ai ensuite repoussé Élise – complice de la duperie, épousée par erreur –, puis la distillerie, et tout le monde en général, restant replié sur ma noirceur.

J'ai fini par me démolir moi-même en sombrant dans l'ivrognerie.

Mon existence entière n'a été que refus, douleur, enfermement, alors que j'aurais dû chercher l'ouverture aux autres, et l'intérêt pour ce qui m'avait précédé. Mais peut-être n'est-il pas trop tard. Peut-être est-il enfin temps d'offrir à ma vie ce semblant de sens qui lui a fait défaut.

Matt me donne une sacrée leçon, et surtout une très belle idée... Mais je dois encore la laisser mûrir un peu. Je ne suis pas sûr de moi, des conséquences.

Je reprends donc le fil de notre dialogue comme si de rien n'était.

« Oui, fascinant, mais terrible, ce tournant du siècle. Combien de millions de morts pour la folie d'un seul ! On sent que vous aimez vraiment l'histoire. Je suis certain que vous allez vous en sortir.

— Je ne sais pas. C'est pas évident. J'habite dans un immeuble rue Curial, à cinq minutes. La pauvreté s'y est installée bien avant nous : l'Est parisien, les fumées des usines, les ouvriers, tout ce qu'on nous apprend, justement, dans les livres d'histoire. Aujourd'hui, les immigrés en ont fait leur fief. Marine Le Pen prétend que ça craint parce qu'il y a une mosquée et qu'on y prie dans la rue. La bouffonne ! Moi je m'en fiche, je suis pas croyant. Ils ne me gênent pas.

— Confucius, qui n'a pourtant pas fréquenté les musulmans – et pour cause –, avait déjà raison : "Nous sommes frères par la nature mais étrangers par l'éducation." C'est ainsi, chaque période a ses pestiférés.

— Je vous assure que j'ai passé de très bonnes années ici. J'y ai tous mes potes, depuis l'adolescence. Je me sens bien.

— D'où êtes-vous originaire ?

— Mes grands-parents étaient des Sud-Africains. C'est pour ça que j'ai trouvé drôle que vous parliez de Mandela, tout à l'heure. L'apartheid, vous savez...

— Oui, bien sûr, une autre barbarie contemporaine.

101

– Mon grand-père était un camarade de Mandela. Avec ma grand-mère, ils ont été arrêtés quand mon père était gosse : il avait quatre ans.

– Comment êtes-vous arrivé en France ?

– Pas moi, mon daron.

– Quoi ?

– Mon père ! Bon, je vous explique : ma grand-mère était la boniche d'un diplomate, dont la femme s'était entichée de mon père. Ils n'avaient pas pu avoir d'enfants et trouvaient papa "si mignon" – c'est ce qu'elle répétait à longueur de journée. Quand mon grand-père a été jeté dans un cachot de Robben Island, dans les années soixante, ma grand-mère, qui militait aussi pour l'ANC, a senti le vent tourner. Avant d'être emprisonnée à son tour, elle a demandé à ses employeurs de prendre soin de son fils. Tu parles, ils étaient trop contents ! C'est comme ça que papa, "si mignon", est arrivé à Paris dans les bagages diplomatiques de mes grands-parents adoptifs.

– À vous entendre, vous ne semblez guère les apprécier.

– Ni plus ni moins. Je ne les ai pas connus, ils sont morts dans un accident de voiture quelques mois après leur retour.

– Et votre père ?

– Élevé par la sœur du diplomate, qui avait un fils, Jacques – en fait, c'est lui mon oncle qui picole. Dans cette famille-là, ça ne rigolait pas. Mes nouveaux grands-parents – vous vous rendez compte, j'en ai eu six différents la même année ! – habitaient Pantin, à deux pas d'ici. La vieille y vit encore, seule depuis la mort de son mari.

– Vos parents ne sont pas restés à Pantin ?

– Papa a rencontré maman là-bas, mais elle est du

102

XIXe. Pour elle, pas question de traverser le périphérique. C'est un autre monde ! » Il éclate de rire. « En fait, c'est du kif. T'es pas mieux ici qu'en face… Mais bon, elle pense qu'elle mène la belle vie, côté parisien…

– Vous habitez toujours chez eux ?

– M'en parlez pas ! Ça me débecte, à vingt-sept piges… » Pour changer de sujet il se redresse d'un coup et me fixe. « Bon, alors, nos affaires, là… On fait comment ? C'est vrai, vous seriez prêt à financer une maquette de disque pour notre groupe ?

– Je vous l'ai dit, Matt, je suis très riche. J'ai vendu mon entreprise une véritable fortune – j'en ai même été étonné, à l'époque –, et l'argent que j'ai placé me rapporte plus de dix mille euros par mois. »

Je n'aurais peut-être pas dû étaler ma situation aussi vulgairement. Il ouvre des billes rondes comme des ballons de football et grince entre ses dents :

« Ta race ! Sans rien faire de la journée ?

– Non. J'ai un peu honte, mais…

– Faut pas, mon vieux. C'est génial de toucher un pactole pareil rien qu'à glander ! Moi, je kifferais grave. » Il réfléchit un instant. « En même temps, on doit s'emmerder un peu. Non ? »

Que dois-je répondre ? « Non, j'ai passé vingt ans à faire tous les musées, les concerts, et les voyages imaginables » ? « Oui, cet argent facile m'a endormi et je n'ai jamais réussi à me rebâtir un semblant de vie » ? « Non, je claque des doigts et mon chauffeur m'amène où je veux, ma cuisinière me sert à table » ? « Oui, je suis plus que jamais seul, devenu un vieux con que personne ne vient secourir quand il se fait agresser ? Sauf toi, mon garçon… » ?

« À la vérité, en cherchant à vous retrouver, Matt, je pensais vous dédommager : une belle somme pour vous remercier de votre geste l'autre jour aux Tuileries.

– Je vous l'ai déjà dit, je ne cherche pas l'aumône. Et puis j'ai réagi spontanément, ce n'était pas calculé...

– Raison de plus.

– Bon, pour le disque – et c'est pour ça que je suis venu ce matin –, faut voir... Ça peut être cool. » Il me lance un regard plein de confiance, attend ma réaction. « Sinon, si vous connaissez quelqu'un qui aurait un plan CDI pour moi, je préférerais. Vous pourriez me recommander, hein ? Ce serait sympa...

– Je dois regarder cela de plus près. Revoyons-nous dans quelques jours, et je vous en reparle. »

Son visage s'éclaire. Ses dents blanches dessinent une farandole de joie sur sa peau teintée. L'œil pétillant, il me soumet son poing fermé.

« Tope là !

– Je vous rappelle demain... »

J'ai besoin de réfléchir un peu à cette idée qui a germé dans mon esprit avant de la lui soumettre...

Brive, le 1ᵉʳ novembre 1943

Chéri.

Voilà un mois que je n'ai pas rouvert ce petit cahier à spirale où je te confie mes secrets.

Nous avons eu beaucoup de travail à la distillerie. Et puis, nous nous voyons assez souvent, tous les deux, ces temps-ci. C'est formidable !

Mais aujourd'hui j'ai envie de t'écrire parce que je déteste les 1ᵉʳ novembre.

Ils annoncent l'hiver, la pire saison de l'année…

C'est la veille du jour des Morts, où, par miracle, toutes les tombes fleurissent dans les cimetières. Ne doit-on pas garder les disparus dans nos cœurs pour toujours ?

Par exemple, je pense souvent à ma grand-mère. Elle nous a quittés il y a six ans (au moins n'aura-t-elle pas connu ces temps troubles).

C'était une vraie mamie gâteau, tu sais. Son fondant au chocolat était à tomber. Quand j'étais gamine, elle en faisait un par semaine, ce qui exaspérait un peu maman. Souvent, toutes les deux se disputaient autour de ça. Moi je priais pour que le gâteau ne disparaisse pas...

Je n'ai pas besoin du 1ᵉʳ novembre pour faire savoir à Mamie qu'elle reste près de moi.

Mes parents, eux, se fendent chaque année d'un pot de géranium, qu'ils abandonnent aussitôt (c'est moi qui vais l'entretenir, souvent jusqu'à Noël, pour qu'il ressemble à quelque chose !). Je ne suis pas certaine qu'ils ne l'aient pas un peu oubliée, Mamie (comme le pot)...

Je ne leur en veux pas. Ce ne sont que des conventions ! Nous sommes une famille soumise au jugement extérieur, au « qu'en-dira-t-on »... Notre succès est fondé sur la notoriété. Tout doit être parfait, correspondre aux normes en vigueur, répondre aux valeurs de la petite société dans laquelle nous évoluons.

Je sais bien : notre nom est célèbre depuis des générations à Brive, la distillerie remonte à plus d'un siècle, il faut entretenir cette réputation. Certains bourgeois ne comprendraient pas *l'absence d'un bouquet ou d'une plante sur le caveau familial pour le 1ᵉʳ novembre.*

Je déteste quand même...

Et cette affreuse guerre qui en fait des centaines, peut-être des milliers, de morts !

Quand tout cela cessera-t-il ?

As-tu déjà tué quelqu'un ? Je n'ose pas le concevoir. Un regard aussi doux que le tien ne peut avoir mis en joue un autre homme.

Je n'arrive pas à t'imaginer un fusil-mitrailleur à la main.

J'espère en tout cas que tu combats par devoir, non par goût.

Ces derniers temps, la Résistance s'active autour de Brive.

Je ne sais pas ce que tout cela va donner.

Sûrement rien de bon... Hélas...

Ton ange en ailes, Angèle.

Chapitre dix

CHATOU, 2013. MARDI 14 MAI. Matt est parti courir. Je l'attends à l'ombre d'un arbre, sur cette île qui aujourd'hui encore fait belle impression. Elle reste protégée de l'urbanisme galopant qui a défiguré le bas de Rueil, de l'autre côté du pont (Joséphine de Beauharnais doit se retourner dans sa tombe, elle qui aimait tant le charme tranquille de cette commune de bord de Seine). Le long ruban de terre coule dans les boucles du fleuve sur plusieurs kilomètres, entre les écluses de Bougival, en aval, et la limite du Val-d'Oise, au-delà de l'autoroute de la Défense, en amont. Deux golfs y ont élu domicile, et l'île change de nom selon sa commune de rattachement.

À Chatou, c'est l'« île des Impressionnistes ». Ils se retrouvaient à la Maison Fournaise, haut lieu de canotage à la fin du XIXᵉ siècle. Pendant que madame gardait la haute main sur la cuisine, et que monsieur organisait des fêtes nautiques afin de promouvoir son atelier de charpentier de bateaux, les peintres piégeaient dans leur toile la lumière chatoyante des fins d'après-midi sur les frissons de l'eau. Avant même Derain, né là et qui y a attiré Vlaminck, son ami fauve, les plus grands fréquentaient déjà le lieu : Monet, Sisley, Pissarro, Renoir, Manet, Degas, puis Matisse et Caillebotte, mais aussi des écrivains comme

Maupassant ou Apollinaire. On discutait avec ardeur, les esprits s'enflammaient, les couleurs aussi.

Le mardi, Matt apprécie que je le sorte de Paris. Il profite de mes promenades champêtres pour s'entraîner sur des terrains nouveaux où il peut galoper à son aise. C'est notre troisième virée. La première fois, deux jours après notre discussion au café, nous avons poussé jusqu'aux portes de la Sologne. Il était tout excité. La semaine dernière, c'est la Seine-et-Marne qui nous a accueillis, la forêt de Fontainebleau. Il a pu allonger ses foulées entre les hauts rochers blancs qui ont fait la réputation du lieu. Ici, à Chatou, il découvre des petits sentiers sous les arbres, et peut rattraper sur l'autre rive, à Rueil, un long chemin de halage qui remonte jusqu'à Nanterre.

Avec tout cela, je pense que ce garçon sera affûté pour son marathon, à la fin de mois de juin.

Durant nos trajets en voiture, il me raconte son enfance dans ce quartier difficile de Paris où je l'ai retrouvé. La volonté dont il a dû s'armer pour ne pas sombrer dans la délinquance et pour tenter de poursuivre ses études. Les efforts qu'il accomplit pour trouver un emploi. Et sa passion pour l'histoire. Là-dessus, il est intarissable.

J'ai la faiblesse de croire qu'il m'apprécie. Ou alors, si c'est l'appât du gain qui le pousse à accepter ma fréquentation, il le cache bien. Il ne m'a jamais relancé sur ma proposition de production de disque. Non, il me fait parler de la distillerie, de Brive (même si j'y rechigne), de mes voyages, des musées que j'ai visités, ces endroits magiques où les artistes offrent leur vision de l'histoire et leur lecture du monde.

Il m'impressionne par ses connaissances.

« J'ai été voir sur Internet le MoMA, l'Ermitage, le

centre Tjibaou, le Musée juif de Berlin, le Prado, Robben Island (forcément), Topkapi, quoi d'autre encore ?... Ah oui ! La Cité interdite ! Vous les avez tous visités en vrai ?

– Oui, en effet. Mais, vous savez, un musée tout seul n'est rien. Il faut prendre le temps de séjourner dans le pays, de rencontrer ceux qui y vivent, de comprendre leur parcours.

– J'ai été fasciné par le Guggenheim de Bilbao. Son architecture est incroyable. On dirait un immense vaisseau d'aluminium prêt à larguer les amarres. Trop beau. Y a quoi à l'intérieur ?

– De l'art contemporain. Il est l'œuvre de l'architecte américain Frank Gehry. Voilà une belle illustration de ce que j'évoquais à l'instant à propos de la place du bâtiment dans son environnement, et de la vie autour. Grâce à ce musée, Bilbao est sortie d'une longue période de déclin industriel pour retrouver, autour de ce pari culturel – car c'était un véritable défi –, un essor inespéré. Aujourd'hui, le Guggenheim dope toute l'économie régionale. Quant à Gehry, il a construit des immeubles incroyables, comme une tour à Manhattan qui paraît vriller sur elle-même, ou une maison à Prague qui semble danser au bord de l'eau. »

Si étrange que cela puisse paraître, malgré notre différence d'âge nous échangeons beaucoup lors de chacune de nos escapades. Je crois qu'une sorte d'amitié s'est nouée entre nous.

Avant d'arriver ici, ce matin, je lui ai donné le petit papier aux chiffres bleus. « Tenez, Matt, voici le numéro de la jeune fille que vous avez tenté de séduire au bord du canal. Un peu grossièrement, semble-t-il ! Mais bon... Elle serait contente que vous la rappeliez... Enfin, je pense... »

En marchant sous l'ombrage des arbres sur cette île tout en longueur, je réfléchis une dernière fois à ce que je vais proposer à Matt. Il ne pourra pas refuser, dans sa situation. Non seulement il sera bien payé, mais de surcroît il pourra s'adonner à sa passion. Et moi je progresserai peut-être enfin sur mon propre chemin. C'est donc *gagnant-gagnant*.

Mon Dieu, que je déteste cette expression ! Les politiques s'en gargarisent à la télévision dès qu'ils annoncent une nouvelle réforme : le bénéfice sera autant pour les institutions (par quelque économie majeure) que pour les citoyens (par un nouvel avantage) ; en réalité, le quidam est le plus souvent lésé sans que la communauté en tire bénéfice. Ça devient vite du *perdant-perdant*...

Mais, là, j'y crois.

Matt arrive, essoufflé, brisant ma réflexion.

« Je suis sur une autre planète !

– Ah ? Deux heures à répéter machinalement le même geste – poser un pied devant l'autre –, et vous voici au bout de l'univers ?

– Vous ne pouvez pas comprendre.

– Je vous le confirme, je ne comprends pas. Pratiquer le sport de manière raisonnable, d'accord, mais s'épuiser durant des heures... Où est l'intérêt ?

– Le second souffle, mon vieux ! » Ça lui a échappé, je le vois à ses yeux qui s'écarquillent. « Oups... Pardonnez-moi... Je ne... » Il baisse la tête et s'enferre. « Enfin... heu... ce que je voulais dire... C'est une sorte de... » Il est déstabilisé. « Un shoot... Vous voyez bien, quoi... » Il se reprend enfin. « Comme une addiction. Voilà ! Une addiction. Je plane à ma manière. D'ailleurs, la médecine l'a reconnu : quand on court, on produit des endomorphines. On ne peut plus s'arrêter, on en redemande... C'est mieux qu'un tarpé, croyez-moi !

– Un pétard, c'est ça ? Bah... vous ne me convaincrez pas. » Je lui souris tendrement. « Venez vite vous sécher, vous allez attraper froid. La voiture est juste derrière ce café, José l'a rapprochée.

– Attendez !

– Que se passe-t-il ?

– Vous n'auriez pas un billet de cinq ou de dix ?

– Pourquoi ? Vous voulez vous arrêter boire une bière ? Ce ne serait pas raisonnable. »

Il me lance un œil noir, méprisant.

Je comprends aussitôt. Cette fois-ci, c'est moi qui pourrais lui dire « Oups ! » et me confondre en excuses. Non seulement il ne boit pas d'alcool, mais, venant de moi, la remarque devient obscène.

Il n'empêche, depuis que je fréquente ce jeune homme, je me suis calmé sur la bouteille. Arrêt complet les jours de nos rencontres (il le reniflerait tout de suite), et nette diminution de ma consommation globale.

Matt préfère ne pas relever et poursuit :

« Non, ce n'est pas pour moi. J'aimerais donner un peu d'argent à ce pauvre gars, là, mais je n'ai rien sur moi. »

Entre le bistrot et un transformateur électrique, des bâches en plastique tendues et fixées de façon rudimentaire forment un abri. Il y a même un semblant de porte : une toile relevée, sans doute fermée la nuit. On aperçoit à l'intérieur de cet espace un matelas recouvert d'une vieille couverture, un réchaud à gaz, un tabouret, et un sac qui déborde de papiers et de bouts de tissu. Assis par terre à l'entrée, un homme sans âge et à la barbe sale tend la main pour « une pièce afin de retrouver ma dignité » dans un regard implorant.

« Allons, Matt ! Vous n'allez pas donner de l'argent à ce débris ?

– Pourquoi pas ?

– Enfin, vous le savez comme moi ! La première chose qu'il fera de votre billet sera d'aller le dépenser en litres de rouge.

– Ça vous va bien de dire ça...

– Pardon, mais, primo, je n'erre pas sous les ponts sans savoir où dormir, j'ai construit ma vie ; secundo, je ne juge pas, je constate. Ces gens-là, vous pensez les aider, ils s'enfoncent un peu plus. Proposez-lui une place dans un foyer, il refusera. Allez lui acheter un jambon-beurre et des fruits, c'est à peine s'il vous remerciera. Et puis ils nous envahissent ! Pas un carrefour, pas une bouche de métro, pas une entrée de supermarché sans qu'un bras vous agrippe, ou qu'une voix quémande une pièce. Sous peu, ce sera comme dans ces pays où les gosses s'accrochent à vos basques pour un sou. Ça devient insup...

– Wow ! Wow ! Wow ! Arrêtez, là ! Vous entendez les mots qui sortent de votre bouche ? Vous réalisez ce que vous dites ? Vous êtes un vieux facho, à balancer ça. Oui, vieux, cette fois-ci je l'assume, et facho, parce que la peur de l'autre vous envahit. Merde ! C'est un homme, devant nous, pas une bête de foire à qui vous décidez ou non de jeter une cacahuète. Vous me dégoûtez.

– Matt, ne le prenez pas comme ça. Mais admettez que si on donne à tous les clochards qu'on croise, on finit par se ruiner.

– Vous avez de la marge, je crois... Putain... Si j'avais su, je vous aurais laissé crever par terre aux Tuileries. »

J'encaisse l'uppercut.

L'argument est imparable. Je me sens meurtri dans mon amour-propre.

Les rôles s'inversent. Je me revois, animal blessé qu'on a secouru. J'étais alors celui qu'on a aidé à se relever. *On*, c'était Matt. Le garçon qui me sermonne à présent, qui me fait prendre conscience de mes propos.

Pour moi, il y a un mois, l'agression était physique. Pour le malheureux face à nous, elle est morale, et permanente. J'ai été victime d'un gang. Il est victime d'une société qui ne tolère pas les gens différents, ceux qui vont moins vite, ceux qui ont loupé un train ou qui ont été largués en cours de route, ceux qui refusent la dictature de l'argent et du tempo, ceux qui acceptent de payer leur liberté au prix fort.

Il est à terre, comme je l'étais. Matt m'a aidé. Et moi je refuse un billet à ce pauvre type ?

Lui n'a pas bougé, le visage tendu vers son espoir, c'est-à-dire nous deux. Son sourire béat prouve qu'il ne comprend pas le sens de notre altercation. Sa pupille dilatée me laisse à penser qu'il est dans le même état que moi lorsque l'alcool transpire aussi par les yeux.

Je me sens ridicule.

Toute honte bue, je sors de ma poche vingt euros que je lui glisse dans la main.

« Courage, mon ami. »

Le retour en voiture est glacial. Matt ne desserre pas les dents. Je ne parviens pas à sortir de la forteresse de mes sentiments enfouis, à franchir la muraille. Je ne trouve pas les mots pour briser la glace. J'ai beau multiplier les formules dans ma tête, me répéter mentalement la première phrase, imaginer les arguments à défendre, rien ne sort de mes lèvres closes.

Gêné, peut-être, par ce lourd silence, José allume le poste. Des violons bondissants s'échappent des haut-parleurs. Leur gaieté détonne. Au bout d'une minute, j'interviens :

« Changez de station, José, je ne suis pas sûr que Matt apprécie Vivaldi. »

Sans me regarder, et d'un ton sec, le jeune homme rétorque :

« Détrompez-vous, je connais aussi. »

Je sursaute un peu, surpris par cette réplique inattendue. Le geste anodin de mon chauffeur aura permis de renouer le dialogue. Sans réfléchir, j'enchaîne :

« Ah oui ? Je croyais que vous n'écoutiez que des rythmes... comment le dire sans vous vexer ?... plus puissants, plus sonores. »

Matt se tourne vers moi et me jette sans un sourire :

« Je ne suis pas un barbare, monsieur le donneur de leçons.

– Bien sûr que non, mais ça cognait fort quand je suis venu vous voir dans votre atelier.

– Le punk est aussi un mouvement culturel contestataire. Ce n'est pas purement bestial. »

Je saisis cette amorce de conversation pour glisser vers le terrain que j'avais préparé. Je vais enfin pouvoir lui soumettre ma proposition.

« Vous m'expliquerez cela à l'occasion ; mais je crains de ne pas trop goûter votre production. Tiens, puisqu'on en parle, quand voulez-vous enregistrer votre maquette ?

– Je vous l'ai dit déjà : après le marathon. Le mieux, ce serait même à la rentrée. Il faut encore qu'on travaille certains morceaux.

– En effet, ça me revient. Au moins, êtes-vous heureux de vous frotter à un vrai studio, avec du matériel pro ?

– Ouais, pour sûr. Mes potes Fred et Jam aussi. Ils n'arrêtent pas de me bassiner avec ça.

– Si une maison d'édition aime votre travail…

– On verra. Nous n'en sommes pas là, chaque chose en son temps. Vous avez des entrées ?

– Dans les Majors !… » J'éclate de rire. « Non, hélas !

– Dommage. » Il appuie sur le mot, avec une douce ironie, le répète, comme Louis Jouvet et son « bizarre ». « Oui, dommage dommage…

– Sinon, vous m'aviez demandé de vous aider à obtenir un emploi à plein temps… » Sa mine s'éclaire soudain, et ses traits s'adoucissent. « J'ai réfléchi.

– C'est vrai ? Vous avez eu des contacts ? Génial !

– Disons… pas tout à fait.

– Alors ?

– Voilà. J'ai une proposition pour vous.

– …

– Je dois vous avouer qu'en vous écoutant revenir sans cesse à votre passion pour l'histoire j'ai eu une idée. Dites-moi ce que vous en pensez.

– Allez-y.

– Je vous embauche en CDI afin d'effectuer des recherches pour moi. »

Il fronce les sourcils, ne voyant pas où je veux en venir.

« Faut voir. De quoi s'agit-il ?

– Je voudrais connaître la vérité sur mes parents, et en particulier l'identité de mon père. Je vous en prie, aidez-moi dans cette quête. »

DEUXIÈME PARTIE

LA QUÊTE

Récit de Matt

Chapitre onze

AUTOROUTE VERS BRIVE, 2013. DIMANCHE 14 JUILLET.
Nous roulons depuis moins d'une heure. Charles vient de
sortir sa fiole et tente d'en avaler une lampée. Je hurle :
« Merde, vous déconnez ! »
C'est le clash.

Déjà, on s'est pris le bec au départ. Monsieur avait
posé ses fesses à l'arrière, comme si j'étais son chauffeur.
Sauf que je n'avais aucune intention d'être le jeune Noir
qui conduit la bagnole du vieux Blanc. Je lui ai donc
demandé de passer devant. « Pas question, c'est la place
du mort ! » Je le sentais sur les nerfs. J'ai dû déployer
toute ma diplomatie (« je vous rappelle que vous avez
recruté un historien-chercheur, pas un pilote ni un fac-
totum ») et négocier vingt bonnes minutes. Finalement,
en lui démontrant que nous serions deux en première
ligne en cas d'accident, que côte à côte nous pourrions
discuter plus à l'aise tout au long de notre enquête, que
j'étais certes son employé mais que je comptais bien
mener l'affaire à ma guise, que je préférais des rapports
d'homme à homme et non de patron à salarié, je l'ai
convaincu de changer de place.

Puis on s'est embrouillés sur la radio. Lui ne voulait
écouter que les infos ou du classique, moi j'étais partant

pour une musique, disons, plus sauvage. Comme les nouvelles retraçaient sans fin les arabesques de la Patrouille de France le matin dans le ciel parisien ou commentaient inutilement les propos présidentiels de la mi-journée, et comme je n'étais pas chaud pour du lyrique, nous nous sommes mis d'accord sur la fréquence autoroutière. Au moins serions-nous avertis de l'état du trafic, toujours chargé en cette fin d'après-midi de chassé-croisé estival. On y entendait Daft Punk et son *Get Lucky*, le tube de l'été, ça m'allait aussi.

Ensuite, il y a eu tension sur ma conduite. Après le péage, j'ai voulu faire frissonner la Jag. Juste pour entendre ronronner son moteur – je commençais à peine à la sentir sous mes doigts... Bon, mon pied droit a été un peu lourd, mais ça ne valait pas une crise d'hystérie dans l'habitacle. J'ai aussitôt calmé le jeu en roulant plus pépère. Quel gâchis ! Une cylindrée pareille menée à une allure de sénateur... Malgré tout, pour moi, l'éclate totale. Souplesse dans les virages mais tenue de route féline (même à vitesse réduite), silence absolu et confort de l'assise, équipements hallucinants (sièges réglables électriquement, rétros plus ou moins teintés selon la lumière, commandes de tous les gadgets au bout du doigt, GPS dernier cri, et j'en passe), sans oublier cette puissance aux abois, prête à s'exprimer pour peu que je lâche la bride. Aux antipodes de la Clio familiale.

Mais là, en sortant le flacon de sa poche, il a franchi la ligne rouge.

Voyant qu'il ne réagit pas à ma remarque, je lui répète avec fermeté :

« Vous déconnez, Charles... Nous étions pourtant bien d'accord, non ?

– Pardon, Matt, je n'ai pas pu m'empêcher d'empor...

– Je me fous de votre pardon, nous avons conclu un pacte !

– En effet. »

Il baisse les yeux et rentre le menton comme un gosse pris en faute.

« Pour mémoire, le voici à nouveau, ce pacte. » Je joue le moniteur de colo lui faisant la leçon. « J'ai accepté de travailler pour vous parce que j'aime l'histoire, parce que vous me payez bien, et parce que vous vous êtes engagé à financer l'enregistrement d'un disque pour notre groupe dès qu'on aura assez de titres, mais surtout je vous ai imposé une condition. Je vous la rappelle...

– Inutile. Je sais... » Il se renfrogne un peu plus et marmonne entre ses lèvres : « Un été sans alcool. Je vous ai promis de passer tout l'été sans boire une goutte.

– Voilà ! Un été sans alcool. C'est ça... »

Devant nous, un camion entame le dépassement d'un autre. Cela m'oblige à ralentir et à me concentrer sur ma conduite. À l'issue de la manœuvre du poids lourd, j'appuie à nouveau sur le champignon pour retrouver ma vitesse de croisière, j'enclenche le stabilisateur et, les deux mains posées sur le volant, je tourne légèrement la tête vers Charles pour lui asséner à nouveau notre contrat, en appuyant sur chaque mot :

« *Un été sans alcool.* »

Pour moi, c'est sans appel. J'ai trop supporté les ivresses de l'oncle Jacques et ses accès de violence sous l'emprise du vin. Résonnent encore en moi les soirées à la maison, quand il passait après avoir trop bu. Il haussait le ton et réclamait de l'argent : depuis qu'il s'était fait larguer par sa bonne femme, fatiguée de le voir rentrer saoul tous les jours, il vivotait de petits boulots et dilapidait ses maigres gains dans la boisson. Les soirs de forte houle, ça gueulait fort avec papa. Ils se sont battus plusieurs fois. Maman était terrorisée.

Je me suis bien juré de ne jamais avaler une larme de ce poison.

Or Charles vient de dégoupiller la gourde que je lui ai déjà vue en main, le soir de sa visite à l'atelier. Elle contient à n'en pas douter du whisky.

« Vous me jetez ce machin par la fenêtre !

– Matt, je n'y touch... »

Sans lui laisser le temps de finir sa phrase, je donne un violent coup de volant à droite. Dans une embardée, la voiture rebondit sur la bande d'arrêt d'urgence. Sous la puissance du coup de frein, les pneus écrasent la gomme et un tête-à-queue nous propulse à contresens. Je redonne une accélération pour reprendre le contrôle et remettre la Jaguar dans la bonne direction, où elle finit par se couler sur la bande d'arrêt d'urgence avant de s'immobiliser.

Charles est défait. Je viens de perdre mon boulot, c'est sûr. Je m'en fous ! Je n'accompagnerai pas un ivrogne.

« Matt, vous êtes malade ! Vous avez failli nous tuer !

– Désolé. C'est ça ou on rentre à Paris. »

Dans son visage livide, ses yeux implorent une explication. Je le fixe longuement, d'un regard froid qui ne se désaimante pas du sien. Il finit par lâcher prise, ferme les paupières en sanglotant, les rouvre et respire profondément. Son bras encore tremblant guide son doigt vers la commande électrique de la vitre, la glace s'abaisse, il lance le flacon en direction des arbres.

Après un long moment de silence, apaisé, il se tourne de nouveau vers moi.

122

« Pardon, je ne suis qu'un idiot.

– C'est moi qui m'en veux de vous avoir secoué de la sorte.

– Non, vous avez eu raison. Je vous ai raconté quelle force il m'a fallu pour arrêter la première fois... Je ne sais pas si je pourrai encore relever le défi.

– Vous le pourrez. Parce que la vérité sur vos parents vous importe plus que tout. Non ? À moins que vous préfériez crever sans savoir ? Je ne crois pas, sinon je ne serais pas ici. Pour y arriver, c'est une question de mental. La volonté guide le reste – les politiques et les sportifs abusent de ces techniques dites de visualisation. Imaginez-vous sobre, incarnez-vous en pensée dans la joie de l'abstinence, et vous en ressentirez immédiatement les bienfaits. » Je marque une pause, plonge à nouveau mes yeux dans les siens, et ajoute cette menace : « Vous y arriverez parce que je veillerai. Au moindre faux pas, comme maintenant, au mieux je vous rappelle à l'ordre, au pire je me casse. »

Pourquoi me suis-je embarqué dans cette aventure ? Le disque n'est qu'un prétexte, au fond, je le sais bien. C'est un cadeau pour Fred et Jam, qui rêvent d'une carrière dans la musique. Pas moi. Trop de contraintes, de faux-semblants, de paillettes. Je ne fantasme pas sur ces vies à courir les routes, les scènes, les fans ; à angoisser par manque d'inspiration ; à me demander si le prochain concert sera aussi bon que le précédent ; à vendre des sourires de circonstance aux lumières de la télé. Je n'éprouve pas le besoin d'être aimé à tout prix.

La maquette démontrera juste si notre travail tient la route. Point barre.

Par contre, j'adore m'épuiser sur ma batterie, c'est

vrai. Physiquement. Frapper sur ces caisses répond à un besoin bestial. Au rythme des coups, je ne sens plus rien. Je me détache de moi-même. C'est comme la course à pied. Aller au bout de ses forces. Se libérer de toutes les contraintes. Atteindre un second souffle, où plus rien n'existe. C'est une sensation étrange que l'on capte dans ces moments-là, celle de flotter au-dessus du monde, en dehors de la vie.

J'ai décidé d'accompagner Charles pour plusieurs raisons. Un, il me paye. Deux, pour m'assurer que ma passion de l'histoire est aussi solide que je le prétends. Trois, parce que cela m'amuse de jouer les Sherlock Holmes dans une enquête à dimension humaine. Quatre, par envie de me prouver que je peux être utile à quelque chose et à quelqu'un.

J'ai passé mon enfance et mon adolescence à errer dans un quartier de misère, à en respecter les codes et le langage (si tu n'es pas de la cité, tu en es l'ennemi). Je n'ai rien construit de sérieux : le RSA me permet tout juste de survivre, mes vieux m'évitent de zoner, les meufs me donnent un peu de plaisir. Et après ?

Au début, je l'ai trouvé bizarre, ce vieux type, à m'offrir ses services. Et il y a eu cette histoire de père inconnu. Comment peut-on se demander, au bout de soixante-dix balais, quel est celui qui vous a donné le jour ?... Un peu tard, non ?

Mais plus il me racontait sa vie, au fil de nos rencontres, plus je l'ai kiffé ! Allez savoir pourquoi... Avec mes huit grands-parents, je n'ai vraiment profité d'aucun... Ceux de Soweto, n'en parlons pas : jamais vus ; ils n'ont pas supporté la prison et sont morts au bout de dix ans. Je ne connais pas les diplomates non plus, puisque mon père, *si mignon*, était encore enfant lorsqu'ils se sont tués sur une plaque de verglas ; après des années de douceur sur le continent africain, ils avaient perdu les réflexes de la conduite hivernale en France. Je n'ai pas fréquenté ceux du côté de ma mère, qui est espagnole ; c'est loin, l'Andalousie. Quant à ceux de Pantin, même vivant tout près, ils sont toujours restés distants Ils considéraient papa comme une pièce rapportée : sa présence accentuait en creux l'absence de la sœur morte, celle qui avait réussi sa vie en épousant son ambassadeur ; la seule de la famille qui s'était forgée un avenir solide et qui était entrée dans le grand monde. À leurs yeux, je n'étais que le prolongement de la pièce rapportée...

Du coup, un sentiment m'a rapproché de Charles. Pitié ? Compassion ? Affection ? Amitié ?

En tout cas je suis là, dans cette voiture de luxe, en route pour le pays de ses origines, cette Corrèze qui m'est totalement inconnue sinon pour avoir fourni deux présidents de la République (dont l'actuel), et aussi – je le sais parce que j'ai fouillé dans les archives – un Premier ministre (enfin, à l'époque on disait président du Conseil) : un certain Henri Queuille, affable, honnête, qui a signé le Pacte atlantique (création de l'OTAN), mais qui est devenu en raison de ses multiples postes ministériels le symbole de l'instabilité et de l'inefficacité politiques sous la Quatrième République.

Bref, pour l'instant, je ne laisse pas tomber Charles.

« Ça va aller », dis-je avec douceur en redémarrant la Jaguar.

Ses yeux acquiescent malgré son sourire un peu forcé. J'enchaîne :

« Faisons le point sur ce que nous savons. Seize

125

maquisards ont réussi à fuir après l'attaque du camp de votre père, en novembre 43.

– Roger m'a raconté que leur groupe avait été dénoncé.

– Oui. Croyant sans doute trop tôt en la victoire sur les nazis, ils avaient défilé dans leur village pour le 11 novembre. Deux jours plus tard, ils étaient encerclés.

– Dix-huit hommes ont été tués, dont mon père.

– Huit prisonniers ont été déportés, et donc seize gars en ont réchappé. Internet m'a appris que treize des survivants sont morts depuis. Il en reste trois. J'ai pu en repérer un qui habite encore par là-bas.

– Où ?

– Saint-Martel. C'est là que nous allons ! »

Brive, le 6 novembre 1943

Chéri.

Je m'angoisse pour toi. Une certaine fébrilité devient perceptible en ville, ces derniers jours.

Aucun événement particulier à noter, pourtant je sens qu'on parle beaucoup dans les magasins ; pas ouvertement (tout le monde craint encore tout le monde) mais davantage qu'avant. J'entends dire que la fin approche, que depuis Stalingrad le vent a tourné.

Des bruits courent sur la Résistance...

Les maquisards s'attaquent de plus en plus à des officiers allemands, il y a des représailles.

Tout cela m'inquiète.

Un capitaine de la Wehrmacht qui vient parfois acheter une bonne bouteille, et qui n'a pas sa langue dans sa poche, prétend que ses services de renseignements (il a détaché de sa voix gutturale un « *Sicherheitsdienst* » que papa a traduit en m'intimant du même coup l'ordre de ne pas me mêler de cela) multiplient les opérations de répression contre les « terroristes », selon sa propre expression. Et il a ajouté en éclatant de rire : « On va tous les "zigouiller", comme vous dites... Ha ha ha ! »

Les résistants sont beaucoup plus nombreux depuis cet été, à cause du STO qu'ils refusent d'aller accomplir en Allemagne.

En tout cas, cette tension qui monte ne me plaît pas. Sois prudent dans tes déplacements. Je n'aimerais pas qu'il t'arrive quelque chose.

De mon côté, je prends toutes les précautions que tu m'imposes.

Mais nos rendez-vous irréguliers me frustrent. Cela me démange de te retrouver encore plus souvent.

Par contre, je n'aime pas beaucoup que tu viennes, depuis quelque temps, accompagné d'un de tes collègues.

Cela m'a privée de toi plusieurs fois.

En effet, il nous est plus difficile de rester ensemble, toi et moi, après nos échanges, pour un moment d'intimité.

Lui t'incite à repartir au plus vite. Il dit que le temps est compté, que tu as beaucoup de choses à faire ailleurs.

J'ai l'impression qu'il n'aime pas te voir en ma compagnie.

Étrange.

Ton ange en ailes, Angèle.

Chapitre douze

S̲a̲i̲n̲t̲-M̲a̲r̲t̲e̲l̲, 2013. L̲u̲n̲d̲i̲ 15 j̲u̲i̲l̲l̲e̲t̲, 10 h̲e̲u̲r̲e̲s̲. À une dizaine de kilomètres au nord de Brive, Saint-Martel est un bourg entouré de collines. Un vilain château d'eau, tout rond, y nargue l'autorité du vieux clocher de l'église romane. Perché à plus de quatre cents mètres d'altitude, le village s'ouvre sur un paysage vallonné et luxuriant. Le massif des Monédières est à portée de vue et, par temps clair, le regard peut effleurer le puy de Sancy, au cœur de l'Auvergne.

Cette région ne s'appelle pas pour rien le « Riant portail du Midi ». C'est un pays vert, à la nature généreuse, où règnent blé et châtaigniers. Le temps des bogues viendra à l'automne, mais en ce début d'été le chaume parsème les champs. De nos jours, des grands rouleaux parfaitement cylindriques ont remplacé les anciennes meules approximatives, toujours dans cette vision paisible des chaleurs de juillet : le foin doit sécher avant les orages du mois d'août. J'avoue que je suis assez mal à l'aise dans ce monde de verdure, moi qui ai grandi « entre béton et bitume », version Maxime Le Forestier, le chanteur préféré de maman.

Nous avons passé la nuit dans un étrange gîte, en surplomb de ces paysages campagnards. Les appartements s'y enfoncent sous la terre, ouvrant leur unique baie vitrée sur une pièce d'eau qu'ils entourent, en contrebas. Plusieurs chambres encadrent un salon où l'on peut aussi déjeuner autour d'un coin cuisine, une terrasse s'étire sur toute la longueur des pièces, et le toit végétal n'est autre que la pelouse qui forme la colline. Original pour ce coin paumé.

Nous avons rendez-vous à 10 heures chez M. Audibert. Je ne sais pas s'il a bien compris le sens de notre démarche, mais il accepte de nous recevoir. Je l'ai eu au téléphone hier après-midi, avant notre départ. Une voix marquée par un accent rocailleux que j'avais parfois du mal à saisir : « Quand on en réchappe, un drame comme celui-là vous accompagne sans cesse. Certains choisissent de l'enfouir au fond de leur mémoire, moi je ne peux pas. Souvent, le soir, cette terrible journée revient me hanter et m'empêche de m'endormir. Aussi, j'accepte toujours d'en parler. Et tant que mes jambes me porteront, je continuerai à aller à la cérémonie. Soixante-dix ans cette année… Tu te rends compte, mon gars ? Ça veut dire que j'en ai quatre-vingt-cinq. Crévindiou ! »

Un peu à l'écart du centre-bourg, M. Audibert nous attend chez lui. L'ancienne ferme est recouverte d'ardoises de Travassac, les mêmes que celles qui coiffent l'abbaye du Mont-Saint-Michel. Un basset soulève à peine l'oreille à notre approche, puis se rendort sur ses pattes avant. Le vieil homme vit là, seul avec ses animaux : son chien, des poules qui courent sur le carré de gazon près de l'entrée, un âne sur le côté de la bâtisse, et quelques moutons que j'aperçois dans un pré à l'arrière.

« C'est peut-être un peu tôt pour une eau-de-vie ? »
lance-t-il d'un air malicieux.

Alors que nous le suivons à l'intérieur, je fusille Charles
du regard afin qu'il ne réponde pas. En fait, une odeur
de café nous attend dans la pièce principale. Sous une
ampoule qui se balance à l'extrémité d'un fil électrique,
une longue table de bois en barre toute la largeur, encombrée par des paperasses à un bout et par des victuailles à
l'autre. Décor banal d'une demeure de vieux célibataire,
ou veuf. Aucune présence féminine en tout cas.

Dans le fond, une cheminée monumentale occupe
presque tout l'espace du mur. Ouverte en grand, elle
abrite de chaque côté du foyer une banquette intégrée
à la niche. Intrigué, je tords le cou sous le linteau pour
vérifier la présence d'un conduit.

« Un *cantou* comme celui-là, vous n'en verrez plus
beaucoup ! s'exclame le Corrézien. Il date de mes parents.
Quand j'étais marmot, on y faisait cuire la soupe, on
s'asseyait là-dessous pour être bien au chaud, et quand
les voisins venaient pour une veillée mon père fumait
la pipe. »

M. Audibert nous invite à prendre place sur les bancs
autour de la table, sert le café, s'adresse à Charles (« C'est
votre père à vous qui vous soucie, si j'ai bien compris »),
puis à moi (« T'es bien jeune, mon gars, pour t'intéresser
à tout ça »), en me coulant une prunelle à la fois étonnée
et admirative.

Je n'ose rien dire. Je crois que ce n'est pas à moi d'entamer la conversation. Les mouches emplissent le silence
de leur agaçant vibrato, pour celles au moins qui ne sont
pas encore agglutinées sur le ruban collant pendu au

plafond. Une minute ou deux s'écoulent, interminables, avant que notre hôte demande enfin :

« Bon, que voulez-vous savoir ?

— Vous évoquez l'image de votre père sous cette belle cheminée, se lance Charles. J'imagine assez cet homme tirant sur sa pipe en couvant de l'œil toute la maisonnée. Vous auriez pu nous dire son métier, raconter sa façon de parler, ses défauts, ou la manière dont il vous a quitté. Non, vous conservez la vision du chef de tribu, protecteur et enveloppant, trônant près du feu commun. Je vous comprends. Parce que cette vision-là, à moi, elle manque. Je n'ai jamais connu mon père, et j'ai la conviction que mon destin est lié à son absence.

— D'accord, mais qu'est-ce que je viens faire là-dedans, moi ?

— Mon père a été tué lors du massacre du Puy-du-Chien. C'était un de vos camarades de Résistance... »

M. Audibert se raidit sur son banc. Il tend son cou fripé vers Charles, et le fixe du regard, comme pour tenter de reconnaître dans les traits de son visiteur ceux d'un de ses glorieux compagnons. Puis il soulève sa carcasse épaisse du banc, se dirige vers une commode dans un coin, ouvre un tiroir, brasse des papiers et des vieux journaux, et trouve ce qu'il est allé chercher. En revenant vers nous, il tend son trophée : une photo jaunie.

« C'est tout ce que j'ai pu sauver. Elle a été prise quelques jours avant le drame, à la fin de l'automne. »

Sur le cliché, cinq garçons. Quatre debout, un assis. Tous sont vêtus chaudement en ce début novembre, et gardent les yeux rivés sur la mitraillette tenue par l'un d'entre eux. Ils paraissent à la fois fragiles face au canon et invincibles par la seule présence de cette arme.

« On ne me voit pas, la photo a été coupée. Seul mon coude apparaît, posé sur la table, en bas à droite. Je suis le plus jeune. Quinze ans… Est-ce un âge pour se terrer dans les bois, l'arme à la main et la peur au ventre ? On crâne devant l'appareil photo, mais je peux vous dire que les nuits étaient plus longues que les journées. Nous craignions chaque soir de nous faire déloger… Comment s'appelait votre père ?

– Pierre. Je ne connais que son prénom. Mon grand-père maternel, qui m'a élevé, refusait de le prononcer à la maison. Il l'a lâché une fois, mais il ne m'a pas donné son nom de famille. Le savait-il d'ailleurs lui-même ? Il n'a jamais admis que sa fille se soit laissé engrosser par un maquisard.

– Pierre… Pierre… Voyons que je me souvienne… J'ai tout inscrit au dos par crainte d'oublier… Il y a Louis, le coiffeur, debout avec le béret de traviole ; on l'appelait "la Carpe" parce que c'était un taiseux ; trop de boches fréquentaient son salon à Tulle, tout près de la préfecture, il a mis les voiles. Sur son épaule, c'est la main de "Comicos", dont le visage est ici hors champ ; il n'arrêtait pas de raconter des bêtises, il débordait d'imagination pour nous faire rire, son vrai nom c'était Denis. Les deux au centre, ce sont les frères Moulier, Maurice et André ; ils nous ont rejoints sur le tard, mais dès le début ils nous faisaient passer de la nourriture de leur ferme. Celui qui tient la mitraillette était un gars de l'Est, un Polonais ou un Hongrois, je sais plus bien, il se faisait appeler "le Russe" ; tous les jours il pratiquait ses exercices de gymnastique et, là, il nous apprend le maniement de la mitraillette. Enfin, assis à côté de moi, mon copain d'enfance, Henri, nous avions grandi tous les deux ici dans le village ; "Moustache" pour la Résistance, c'est la première fois qu'il voyait un engin pareil... »

À la pensée de son camarade photographié les yeux et la bouche grands ouverts, M. Audibert a la gorge serrée. Son doigt tordu, qui a glissé lentement sur le visage de chacun des hommes à leur évocation, reste posé sur celui de Moustache. Ce blondinet à l'air timide, totalement glabre malgré son surnom, ne détache pas le regard de l'arme, comme hypnotisé. Son épaisse tignasse dégage une insouciance inattendue en de telles circonstances. On dirait Rimbaud.

« Vous n'avez pas cité de Pierre, s'inquiète Charles.

– Pour sûr ! Il n'y en avait pas dans mon sous-groupe. Faut vous dire que nous étions séparés en trois secteurs sur ce maquis-là, trois lieux-dits distants de quelques centaines de mètres à peine, deux au creux du vallon de part et d'autre du ruisseau la Valière, le troisième autour de deux fermes plus en hauteur. Tous ceux sur la photo, là, sont morts dans le massacre. Je suis le seul à en avoir réchappé.

– Comment ?

– Certains passent leur vie à prier, dans l'espoir d'adoucir leur mort. Devant de telles horreurs, la notion de Dieu a-t-elle même encore un sens ? Moi, je n'ai jamais été croyant. Néanmoins, ce jour-là, mes yeux se sont levés vers le ciel et j'ai imploré n'importe qui, là-haut, de ne pas m'abandonner (un doute m'a assailli, je l'avoue, sur l'existence ou non d'un Sauveur). En réalité, j'ai eu un coup de chance inespéré : je m'étais écarté de notre tanière pour aller assouvir un besoin naturel au bord de la Valière. Dès le premier coup de feu, j'ai compris : c'était l'attaque que nous redoutions tant. Les Allemands arrivaient par les fermes, en haut. Le bruit des mortiers et des mitraillettes pilonnant nos positions était infernal. Mes oreilles éclataient. Mon cœur s'est mis à battre la chamade, une grande brûlure a inondé ma poitrine, je tremblais de tout mon corps. J'ai hésité : monter rejoindre mes camarades pour les aider à combattre – mais je savais que nous n'avions que des fusils de chasse, quelques 6.35 et un ou deux Mauser, bref, des pétoires dérisoires face au déluge de feu qui nous inondait – et courir à une mort certaine ; ou prendre mes jambes à mon cou et longer le cours d'eau pour rejoindre le château voisin puis la route de Brive du côté de Saint-Antoine. C'est ce que j'ai fait. En pleurant. Les larmes coulaient sans retenue sur mes joues d'enfant. Je me sentais si lâche. Je culpabilisais de ne pas affronter l'ennemi, de fuir comme un poltron. Mes grandes convictions antinazies ont été balayées d'un coup. À la vérité, je chiais dans mon froc. Je dois vous avouer que je l'ai regretté toute ma vie. C'est ainsi… J'avais une trouille d'enfer… »

M. Audibert garde les yeux mi-clos, comme s'il projetait le film des événements derrière ses paupières. Sa bouille ronde est parcourue de rides douces, et ses cheveux blancs sont encore en nombre pour son âge. Une belle vieillesse, qui semble si peu marquée par cette adolescence brisée.

Nous écoutons son récit sans l'interrompre, même si par moments je vois le visage de Charles se crisper. Que peut-il se passer dans sa tête à cet instant-là, alors qu'il découvre l'histoire de la bouche même de l'un de ceux qui l'ont vécue, un des compagnons qui ont partagé les dernières heures de son père ? Sans doute aussi est-il tendu parce que, précisément, il n'apprend rien de précis sur ce dernier.

Mais le vieux Corrézien enchaîne :

« Il y avait deux Pierre parmi les victimes. Leurs noms sont gravés sur le monument à la mémoire des martyrs, érigé sur place. Vous devriez y faire un saut ! Le premier était un gosse à peine plus âgé que moi. La guerre ne lui a même pas laissé le temps de découvrir l'amour. Il reluquait la fille du meunier, sans avoir osé l'aborder une seule fois... il me l'avait avoué... C'est donc l'autre Pierre qui vous concerne. Un beau gars d'une trentaine d'années. Entré assez tôt dans la clandestinité, il était vite monté en grade, jusqu'à devenir patron régional de notre réseau.

» Il faut vous dire que la Résistance n'était pas une et entière. Plusieurs formations s'opposaient sur le terrain, en fonction de leur filiation politique : les gaullistes, les giraudistes, les communistes, les Espagnols, les chrétiens, les syndicalistes, et j'en oublie. Quel paradoxe, face à un ennemi aussi structuré que les nazis – qui ne faisaient, eux, aucune différence ! Pourtant c'était comme ça. Croyez-le ou non, certains se seraient même flingués entre eux. Par bonheur, les derniers mois, une sorte d'union sacrée a rassemblé tout le monde sous une bannière unique, avec la création avant l'été 43 du Conseil national de la Résistance dirigé par Jean Moulin. Le Pierre en question, il avait été envoyé de Périgueux dans ce cadre-là, pour coordonner l'action des réseaux par chez nous. Les grands chefs avaient décidé d'accentuer la pression sur les boches. Son nom de code, dans le maquis, c'était "Guy". Je pense que c'est lui, votre père, même si...

– Quoi ?

– Ben... je trouve pas que vous lui ressembliez beaucoup... Mais bon, il était tout jeune, et vous... », il ébauche un sourire franc, presque amical, « vous l'êtes un peu moins... »

Charles a réagi avec agressivité. Il gigote sur son banc, sa respiration s'est accélérée. Ses yeux s'agitent et des tonnes de questions lui brûlent les lèvres.

Mais avant qu'il ait le temps d'en amorcer une seule, l'autre ajoute une information qui nous pétrifie.

« Je ne suis pas le seul survivant du massacre. Nous sommes seize à ne pas avoir été abattus ce jour-là... » Le vieil homme marque une pause, comme pour maintenir le suspense, avant de lâcher : « Votre père avait un jeune frère : Dédé. Ce dernier s'en est également sorti. »

Chapitre treize

Brive, 2013. Lundi 15 juillet, 13 heures. Nous avons conversé jusqu'à midi avec M. Audibert. Mais nous avons refusé de partager sa soupe (il en mange matin et soir, été comme hiver, et la prépare lui-même avec les légumes de son potager). Nous ne voulions pas le déranger davantage ni remuer plus longtemps ces réminiscences douloureuses.

Sa femme est morte il y a douze ans, après une lente agonie à l'hôpital de Brive. En un demi-siècle elle avait ingurgité des tonnes de médicaments, et ses reins ont brusquement cessé de fonctionner. Le cœur a mis trois longues semaines pour décrocher à son tour.

Durant cette pénible période, l'ancien résistant prenait chaque jour son auto et descendait la voir. Elle avait une chambre dans la tour hospitalière, avec vue sur toute la ville. Il lui parlait doucement, lui décrivait ce qu'il voyait : les nuages, le soleil, les oiseaux, les gens déambulant dans les allées. Ou alors il lui rappelait leurs souvenirs communs (« une belle vie, tu ne trouves pas ? »). Il s'était même surpris à lui raconter des épisodes plus lointains et plus inattendus : « Tiens, il y a une voiture de luxe qui dévale l'ancienne nationale 20, là-bas. Dans moins d'une minute elle va arriver au rond-point du pont Cardinal, juste

139

en bas. Tu sais, là où un type s'est jeté sur une grenade dégoupillée, le lendemain matin de la Libération. Je te l'ai déjà raconté. Tout Brive y était. Moi aussi. Je n'avais pas dormi, après la reddition des boches la veille au soir. Les gens avaient passé la nuit entière dans la fièvre de leur liberté retrouvée. Ils chantaient, applaudissaient, s'embrassaient. Soudain, juste avant 8 heures, on ne sait comment, une grenade roule à terre, la goupille a sauté, l'engin commence à fuser. Pour éviter la catastrophe, le jeune gars se couche dessus. Un sous-lieutenant des maquis, trente et un ans. Je crois qu'il venait du Midi et avait rallié les FTP d'Allassac. Quel courage ! Il a sacrifié sa vie pour en sauver des dizaines d'autres. Le carrefour porte son nom. » Ainsi convoquait-il, sans même s'en apercevoir sans doute, des épisodes de la guerre, de la Résistance, ou de la Libération.

Avant que nous partions, il nous a dit aussi avoir revu Dédé.

« Une seule fois, pour les dix ans du massacre du Puy-du-Chien. »

La mairie avait invité les seize rescapés pour cette commémoration exceptionnelle. Ils s'étaient retrouvés, heureux de se revoir, mais brisés par le drame et déchirés d'avoir perdu leurs chers disparus alors qu'eux étaient demeurés vivants.

« On n'a pas beaucoup conversé, tous les deux. Le Dédé, il est moins bavard que moi. Hein !... Il avait pris un sacré coup de vieux, bon Dieu...

— Savez-vous s'il vit toujours ? ai-je demandé.

— Je l'ignore, mon garçon. Mais je sais qu'à l'époque il était revenu chez eux, en Périgord. Si mon oreille n'a pas failli – je ne portais pas encore cet appareillage auditif qui fonctionne à moitié et me rend fou par moments –, il me semble qu'il a parlé d'un bourg, non loin de Sarrazac. »

Sarrazac. Mon smartphone me renvoie sur une commune du Lot, à moins de vingt-cinq kilomètres au sud. Fausse piste. Je dois chercher sur le Web pour trouver l'autre village du même nom, en Dordogne celui-là, à la frontière avec la Haute-Vienne, dans le Périgord limousin. Plein ouest, nous pouvons y être en moins d'une heure et demie.

Mais Charles veut d'abord repasser par Brive. Ses souvenirs le hantent.

À l'entrée de la ville, nous décidons de déjeuner à la cafétéria d'un hypermarché. Il ne s'y retrouve plus.

« Tout a bien changé, ici ! Ce gigantesque hall a ouvert deux ans avant mon mariage. À ce moment-là, c'était une simple galerie avec des négociants indépendants. Pourtant, quel émoi en centre-ville ! Je me souviens très bien des réactions. On dénonçait la froideur du lieu, une relation impersonnelle avec le client. Les gens disaient que le petit commerce allait mourir. Tous les collègues de Roger s'étaient ligués contre ce centre. La révolte grondait à la chambre de commerce. Quand je suis parti, ça s'appelait encore Euromarché...

– L'âge de pierre !

– Vous ne croyez pas si bien dire, Matt. Il y avait même des Mammouth en ce temps-là !

– ...

– Ne prêtez pas attention à mon humour idiot. Remarquez, Coluche en a bien fait un sketch... » Face à ma mine interloquée (je n'ai toujours pas compris), il enchaîne : « Après tout, à quoi pouvais-je m'attendre d'autre ? Je n'ai pas remis les pieds ici depuis plus d'un quart de siècle. L'évolution est dans l'ordre des choses. Nous sommes tous pris dans les filets du temps. Ce temps qui passe, qui va de soi, qui ne nous pose aucune question, qui coule, insidieux et bienfaiteur. Vous êtes un enfant encore, ces idées ne vous tracassent pas. Je me souviens avoir entendu Guy Bedos prétendre que les dernières années de la vie sont bien plus courtes que les premières...

» Le temps est l'oxymore originel : il porte la vie et mène à la mort. Il nous voue une fidélité sans faille, seconde après seconde : ami éternel, toujours à nos côtés pour effacer le passé et construire l'avenir ; ennemi féroce qui creuse nos rides et bouleverse les choses autour de nous. Combien de civilisations ont tenté de l'appréhender – sinon de le maîtriser – par des calendriers aussi sophistiqués que multiples ? Celui des Mayas, dont on nous a rebattu les oreilles à la fin de l'année dernière, celui réformé par Jules César, qui a tenu plus de mille cinq cents ans, et jusqu'au nôtre, né au XVIe siècle sous un certain pape Grégoire ; sans parler de celui des Chinois, basé sur la Lune et le Soleil, ni de celui des Égyptiens, qui suivait les fluctuations du Nil !

» Le temps court plus vite que nous, Matt. C'est ainsi. Jamais l'homme ne le rattrapera. D'ailleurs, est-il antérieur au big-bang ? En est-il la conséquence ? La science se partage là-dessus. Je vous invite à lire Alain Connes, génie de l'algèbre dont les travaux flirtent désormais avec la physique quantique. Passionnant. Et à propos de livres, voyez comment les écrivains qui ont cherché à escalader l'immensité du temps s'y sont cassé les dents. Tous, depuis

Homère jusqu'à Proust, de Buzzati à d'Ormesson. Nous serons morts, que lui sera toujours là, à aller de l'avant...

» Être victime du temps ou l'apprivoiser pour mieux se couler dedans ? Subir son destin ou chercher à le conduire ? Affronter son passé pour apaiser son avenir ? Tout cela pose la même question, la seule qui vaille dans toute une existence, celle du libre arbitre. Je regrette à présent de me la poser aussi tardivement. Matt, n'attendez pas. Croyez-moi ! Écoutez ce vieux machin qui vous fait la leçon : prenez votre vie en main ! »

En conclusion de sa tirade, Charles m'offre un sourire empli de désespoir. Nous avons déjà abordé le sujet plusieurs fois. Il m'a aussi interrogé sur mon comportement si j'avais été confronté à l'occupation nazie. Ça aussi, ça le taraude. Collabo ? Résistant ? Opportuniste prêt à enfiler le veston du vainqueur ? (Ils ont été nombreux, dit-on, ces *maquisards de la dernière heure* qui épousèrent la bonne cause.)

Franchement, ce que j'aurais fait ? Je n'en sais rien Néanmoins, ses doutes résonnent en moi. Parce qu'ils renvoient aux miens, à mes origines.

La saga familiale, inscrite dans celle de l'Afrique du Sud et que mon père évitait de ramener à la surface, m'a été dévoilée par ma mère, dès que j'ai eu l'âge de comprendre cette autre tragédie contemporaine (ma curiosité pour le récit historique vient-elle de là ?).

Ces doutes-là, je peux les formuler pareillement : et si j'avais été à la place de mon grand-père ? Aurais-je tenu la main de Mandela ? Aurais-je combattu l'apartheid ? Me serais-je fait oublier dans l'attente de jours meilleurs ? Allez savoir...

« Il faut du courage, Charles, pour prendre sa vie en main.

– Oui, c'est vrai. Cela offre pourtant une telle liberté... Je n'ai jamais été aussi heureux que le jour où j'ai quitté mon ancienne vie », pérore-t-il. Puis il constate aussitôt sur un ton désabusé : « Même si je n'ai rien construit de mieux dans la nouvelle...

– J'ai entendu un journaliste évoquer ces questions, lors d'une récente émission à la télévision. Il a couvert les plus grandes tragédies de ces vingt dernières années : guerre du Golfe, génocide rwandais, conflit civil du Kosovo, attentats du 11 Septembre, campagne d'Irak, tsunami en Indonésie, crise nucléaire à Fukushima, et là, il rentrait de Syrie. Il a donc vu le pire. Pour lui, seul le vécu du drame – la confrontation physique à la violence des événements – transcende (ou non) l'homme. Autrement dit, impossible de répondre intellectuellement, même à l'aune de ses convictions ou de ses valeurs, à des interrogations de ce genre. C'est une affaire de ventre, pas de cortex ni de bons sentiments !

– En clair, si l'on n'est pas amené à affronter de telles situations – et, entendons-nous bien, ce n'est souhaitable à personne –, on ne sait pas ?

– Exact, Charles. Ni vous ni moi n'aurons jamais ici la moindre réponse. Je crois qu'il faut hélas se frotter au malheur, voir la mort en face, pour constater de quel côté de la balance on penche. Et là, ce n'est pas la tête qui répond, ni même le cœur, je le crains, ce sont bel et bien les tripes... »

Sur ce constat d'échec, je lui propose d'abandonner notre poste de ravitaillement, et de partir à la découverte de la ville.

Au moins, au cours de cette halte, une victoire est-elle à inscrire dans la bataille de Charles contre l'alcool : aucune allusion ni tentation depuis ce matin.

Après le parc des expositions et le complexe cinématographique, nous longeons la rivière jusqu'au pont Cardinal, que nous empruntons à gauche vers le centre-ville. Je roule à petite vitesse, car mon voisin ne veut pas perdre une miette du parcours.

« Là, à droite, c'était le restaurant de Charlou Reynal, puis le café Coste – j'y venais prendre un demi certains soirs –, et en face le Splendid a disparu – un cinéma qui projetait des navets. Oh ! Ils ont rénové le théâtre au-dessus, c'est magnifique ! Tiens, les Nouvelles Galeries n'existent plus, mais il y a toujours la Civette, un bar où je venais aussi… mais c'est écrit "6vette" ! »

En souriant, je l'écoute égrener les lieux de sa jeunesse avec l'enthousiasme d'un enfant devant un sapin de Noël.

La ceinture de boulevards aligne des maisons cossues, auxquelles la pierre (du grès de Grammont ou du granit de Palazinges) donne un cachet particulier. Le patronyme de « Gaillarde » viendrait des fortifications édifiées au XIVe siècle, ou alors du courage des habitants lors des sièges de la cité durant la guerre de Cent Ans. La croix de guerre 39-45, qui lui a été décernée pour avoir été « la première ville de France » à se libérer des nazis par ses propres moyens (en réalité, Quimper l'aurait devancée de quelques jours), ne désavoue pas cette solide réputation.

En plongeant dans les manuels, j'ai découvert une querelle de clocher avec Tulle, préfecture parce que plus centrale dans le département, alors que Brive est la plus grande agglomération et la plus dynamique sur un plan économique. Brive l'entreprenante, Tulle la fonctionnaire ; Brive la bourgeoise, Tulle la prolétarienne ; Brive la gaillarde, Tulle la paillarde... Mais les Brivistes ne manquent pas d'humour puisqu'ils se sont approprié le sobriquet de *Coujou* (« citrouille » en occitan : la région est maraîchère). L'office de tourisme a même créé un label « 100 % Coujou », dont l'écho résonne le samedi soir à travers les gradins du Stadium.

« Vous suiviez le rugby, ici, quand vous étiez jeune ?

– Ces brutes qui se rentrent dedans en poussant des cris de bûcherons ? Non merci, cela ne m'a jamais passionné.

– Vous avez tort, c'est un sport autrement tactique que le foot. Et dans l'ovalie, le mot "solidarité" prend tout son sens. Regardez par exemple comment les Springboks ont gagné leur Coupe du monde en 95. Déjà, ils sont entrés en communion avec tout un peuple, c'était incroyable, et surtout ils ont trouvé la stratégie pour empêcher leurs adversaires de s'exprimer : tout au long de la finale, ils ont fermé le grand côté à Lomu, avec trois ou quatre gars qui ne lui ont pas laissé le moindre espace. Les Blacks n'en sont pas revenus !

– Pardon, mais tout ça c'est du chinois...

– Non, "chi moi". » J'appuie comme dans la mauvaise blague « On mange chinois ou chi toi ? ». « Ou presque chez moi... À Joburg ! »

Je souris en prononçant ces mots, non pas pour le jeu de mots, mais parce que je n'ai jamais foulé la terre de mes ancêtres, à Johannesbourg. En revanche, j'ai pratiqué un peu le rugby. Cela peut paraître surprenant à Paris (on est loin du Sud-Ouest), mais il y a un vrai comité départemental qui regroupe près de vingt structures.

Sinon, je ne manque jamais les Six Nations à la télé, et je m'applique à suivre les résultats du championnat.

Je sais par exemple que le C.A. Brive renoue avec l'élite cette année, après une saison au purgatoire de Pro D2. Mais bon, le temps de la gloire corrézienne est bien loin, quand l'équipe a remporté la Coupe d'Europe en 97, après avoir été lauréate du Challenge Yves du Manoir l'année précédente. Depuis, c'est un peu les fonds de classement. Pour leur retour en Top 14, les Corréziens visent avec modestie le maintien. De grandes affiches en ville annoncent déjà le programme estival avant la reprise, dans moins d'un mois : deux matchs amicaux, le 2 août à Aurillac, et une semaine plus tard ici, face à La Rochelle.

« Tournez là, à droite, et garez-vous ! »

Charles a presque aboyé son ordre et me désigne une place de stationnement libre. Par un brusque écart, je réussis à y faufiler la Jaguar. Nous sommes devant un bâtiment cossu précédé d'une cour fleurie de bougain-villiers. Il s'agit d'un hôtel qu'une enseigne lumineuse verticale désigne du nom de Chapon Fin. Éberlué, je regarde mon compagnon. Il a la tête tournée vers la droite, les yeux rivés sur le trottoir d'en face. Il scrute une vitrine où s'alignent différentes sortes de flacons et bouteilles.

Tout s'éclaire : sa distillerie.

Après un long moment de silence, comme s'il se parlait à lui-même, il laisse échapper un filet de voix monocorde.

« Ils ont gardé le nom. Forcément. Toute la réputation vient de là, depuis deux siècles. On me l'a assez rabâché… C'est drôle, contrairement à tout à l'heure, ici rien n'a changé, à l'extérieur tout du moins. Le magasin a toujours l'air aussi vieillot. Cela fait partie du marketing, je suppose... la qualité d'antan... J'imagine qu'à l'intérieur l'alambic est posé, patient et immobile, sur sa grande table de briques rouges au fond de l'atelier, avec les gros tonneaux de bois tout autour. Du chêne. Roger pestait quand il fallait en changer un, ça coûte une fortune... J'en ai passé des heures, là-dedans...

— Voulez-vous que j'aille voir, Charles ?

— Non, je ne préfère pas. Je ne veux même pas savoir si Élise vit toujours. La page est tournée de longue date, le temps – encore lui – a fait son œuvre. Je ne sais même pas pourquoi je vous ai fait stopper ici. C'est absurde. » Il se retourne vers moi. « Partons, à présent. Quittons cette ville, j'en ai assez vu !

— Avant, j'aimerais faire un détour par le Centre Michelet. C'est à deux pâtés de maisons. M'y autorisez-vous ?

— Pourquoi ?

— Je devine que nous allons en apprendre un peu plus sur le massacre du Puy-du-Chien. Dépêchons-nous, ça ferme à 18 heures... »

Brive, le 10 novembre 1943

Chéri,

La manière dont nous avons fait l'amour, hier soir, était si intense... J'ai ressenti quelque chose d'étrange. De fort. C'était inoubliable.

La manière dont je me suis abandonnée à toi... J'ai eu l'impression de mourir un peu. Avec toi.

Est-ce cela le plaisir ?

Je le sais maintenant. Tu es celui que j'attendais.

C'est ancré en moi, même si l'on se connaît depuis quelques semaines à peine.

Sans doute est-ce présomptueux de l'affirmer.

Sans doute suis-je un peu jeune pour deviser sur l'amour.

Mais je sais ce que je ressens.

Ta simple vue me fait fondre.

Ta présence m'affole et me rassure à la fois. Je ne sens plus mon cœur qui cogne jusqu'aux tempes. Une seule envie m'anime : me couler dans tes bras, sentir ton odeur sauvage, laisser glisser mes doigts sur ta peau si douce.

Ton absence m'ôte toute joie de vivre. Je me languis en emplissant mes pensées de tes yeux bleus, de ton large sourire, de ton corps souple et puissant. Je laisse simplement les heures s'écouler jusqu'à notre prochain rendez-vous.

Avec toi je perds la tête. Je crois que c'est la première fois que j'aime ainsi.

Adolescente, c'était différent.

J'étais amoureuse d'un garçon de mon âge. On usait nos fonds de culottes sur les mêmes bancs. On révisait nos leçons ensemble, on se faisait réciter les départements, on jouait les botanistes amateurs au jardin d'à côté.

Ce garçon-là rêvait de devenir maître d'école, moi infirmière.

Je le regardais grandir avec la curiosité d'une petite fille pour le genre masculin. Chacune de ses bises rosissait mes joues.

Mes parents ne l'aimaient pas parce que nous n'étions pas du même milieu social. Papa lui interdisait de venir à la maison. J'étais si malheureuse.

Et puis les années nous ont séparés : le garçon est devenu pensionnaire au collège de Cabanis et la fillette a été envoyée à Notre-Dame au coin de la rue.

Aujourd'hui je suis amoureuse d'un homme qui risque sa vie les armes à la main.

C'est autre chose.

Les sentiments sont décuplés.

Tu vois, je n'aurai connu que ces deux amours-là (le rêvé et le vécu).

Chéri, j'ai peur. Je pressens le pire.

Demain marque l'anniversaire de la fin de l'autre guerre, la "der des der"... Ce n'est pas une date anodine. Je sais que des actions vont être menées, et je crains que tu n'ailles sur le terrain.

Si tel est le cas, je t'en prie, ne prends aucun risque. Je ne supporterai pas qu'il t'arrive quelque chose.

Ton ange en ailes, Angèle.

Chapitre quatorze

Brive, 2013. Lundi 15 juillet, 16 heures. Edmond Michelet. En voilà un qui ne s'est pas demandé longtemps sur quelle assiette de la balance s'asseoir. Dès le 17 juin 40, la veille de l'appel du Général, il distribuait des tracts dans les boîtes aux lettres de Brive pour dénoncer la capitulation prononcée le jour même par la voix chevrotante de Pétain. Il les avait tirés à l'imprimerie du premier adjoint socialiste de la ville. Citant Péguy – en 1913 dans *L'Argent (suite)* –, « celui qui ne se rend pas a raison contre celui qui se rend », Michelet y appelait à résister à l'ennemi.

Charles Péguy : son maître à penser, son inspirateur dans toutes les circonstances de sa vie – comme l'admet son fils, l'écrivain Claude Michelet. Péguy, qui écrivait par ailleurs : « Il ne fait aucun doute que la France a deux vocations dans le monde [...] elle a à pourvoir à deux tâches et à deux fidélités, à sa vocation de chrétienté et à sa vocation de liberté. [...] Telle est notre double charge. Telle est notre double garde. » Tout Edmond Michelet est dans cette définition.

Bon chef de famille chrétien (il fréquentait sans doute l'église Saint-Sernin dont Charles m'a plusieurs fois parlé, située entre la distillerie et la maison des Michelet), il fut un ardent militant de la foi, et président de l'Action catholique de la jeunesse française d'abord dans le Béarn puis en Corrèze.

Quant à la liberté, il la plaçait au-dessus de tout. Pour elle, il embrassa une tout autre carrière que celle de courtier en produits alimentaires, dans laquelle il devait succéder à son père.

Michelet a toujours été un combattant idéologique. Dès les années trente, il s'était engagé en animant des conférences sur le racisme, l'antisémitisme, les dangers de la civilisation, ou l'État totalitaire. Il proclamait à qui voulait l'entendre que « ce n'est pas le péril allemand qui est dangereux, mais le péril hitlérien ».

La guerre l'a conduit, dans la foulée du premier tract, à créer dès la fin 40 le groupe de résistance Liberté, intégré un an plus tard au réseau Combat, puis à prendre, sous le nom de « Duval », la tête de la région R5 des Mouvements unis de la Résistance. Son arrestation par la Gestapo, en février 43 à Brive, l'a envoyé à Dachau. À l'ouverture du camp par les Alliés, il a présidé le Comité patriotique français pour organiser le rapatriement des prisonniers.

Ses compagnons de captivité évoquent un saint, à tel point qu'un procès en béatification fut initié peu après sa mort. Il n'a toujours pas abouti.

À cause de la politique, dans laquelle il s'est lancé après la Libération ? Peut-être...

Les temps étaient troubles, les vainqueurs avaient, comme souvent, la main lourde contre ceux qui s'étaient compromis avec l'ennemi. Certains accusèrent le ministre des Armées qu'il était alors de cautionner une épuration trop large. Plus tard, on lui reprocha l'amendement déposé à l'Assemblée pour libérer Pétain en signe d'apaisement et de pardon. D'autres le jugèrent à l'aune de son action pendant la guerre d'Algérie – il était garde des Sceaux. Même dans toute une vie d'engagement, la moindre fissure à l'exemplarité donne prise à l'adversaire. C'est une loi immuable de la vie publique.

Une chose est sûre : en âme et conscience Michelet a refusé d'emporter ses nombreuses médailles et décorations dans la tombe. Ce Juste parmi les Nations a préféré se faire enterrer avec sa tenue de déporté.

Dans la petite rue Champanatier, au cœur d'un quartier de maisons bourgeoises à mi-chemin entre le centre-ville et la gare, le musée Edmond-Michelet retrace l'histoire complète de ce résistant et homme d'État, Corrézien d'adoption. Il s'agit de l'ancienne demeure familiale (où furent d'ailleurs hébergés des clandestins) que son épouse Marie a léguée à la municipalité pour en faire un lieu d'études et de mémoire. On y trouve des archives et des collections, mais des expositions temporaires y sont organisées, des colloques s'y déroulent, et les collégiens viennent régulièrement y apprendre la Seconde Guerre mondiale.

Le soleil est encore accablant en ce milieu d'après-midi, il fait lourd, plus de trente degrés. Une agréable fraîcheur nous saisit donc, Charles et moi, lorsque nous poussons la porte bleue pour entrer dans le bâtiment. Le lieu m'impressionne. Il recèle des documents d'époque dont certains me donnent le frisson : affiches, cartes de rationnement, brochures, photos, objets de la vie quotidienne. Une vitrine au second étage réunit une casquette nazie à liseré orange, un pistolet Walther et un ceinturon d'officier portant sur sa boucle argentée la devise « *Gott mit uns*[1] » écrite en rond autour d'une croix gammée : autant de prises de guerre effectuées sur le commandant des forces allemandes à Brive, Heinrich Böhmer, l'homme qui a signé la reddition de ses troupes le jour de la naissance de Charles (et à la même heure). En un instant, l'Occupation me saute à la figure.

La directrice du centre est une femme affable. Mme Galmier sourit de sa bouche pleine de dents. Ses petites lunettes rondes la gratifient d'un air intellectuel. Quand j'évoque le motif de notre visite, elle nous entraîne vers une salle à part, dans le bâtiment voisin.

« Nous ssavons beaucoup d'affisses de propagande. Css'est notre sspéssifissité patrimoniale. Elles ne ssont pas toutes en ecsspossission. » Un cheveu sur la langue la rend plus joviale encore. « Voyez ssissi comme elles ssont éloquentes. »

Sur une de ces affiches, le mythe de la cinquième colonne est symbolisé par un soldat murmurant à l'oreille d'un civil ; au-dessous, un simple slogan : « Silence, l'ennemi guette vos confidences ! » Une autre pousse à la collaboration : « Toi aussi ! Tes camarades t'attendent dans la division française de la Waffen-SS. » Certaines incitent à la solidarité : « Même si tu as peu, donne à ceux qui n'ont rien. »

« Ecssaminez ccselle-cssi, commente notre interlocutrice. Elle essplique, en partie, votre ssale affaire. »

1. « Dieu soit avec nous. »

Sur l'affiche on peut lire :

11 NOVEMBRE 1942
ANNIVERSAIRE DE VICTOIRE
FRANÇAIS
Refusez la défaite
MANIFESTEZ

Ce dernier mot, écrit en lettres épaisses, barre la feuille entière, signée en bas à droite : « les Mouvements de Résistance ».

Selon Mme Galmier, cet appel, l'année précédant le massacre, connut un vif succès à Brive. La directrice du Centre Michelet nous raconte ainsi comment, vers 18 heures, ce 11 novembre 42, des milliers de citoyens convergèrent vers le monument aux morts de la place Thiers, pour braver l'interdiction par Vichy de commémorer la victoire de la Première Guerre mondiale. Ironie de l'Histoire, au même moment, les Allemands entraient dans la ville, puisque la zone libre passait à son tour sous occupation. Et tandis qu'on entendait murmurer « Les boches arrivent » dans la foule, le premier blindé surgit avenue Alsace-Lorraine, le long de la place, noire de monde. Les nazis, pour rallier la caserne Brune au bout de la rue, devaient en effet passer devant la manifestation. La tension était maximale. Une femme aurait craché sur un motocycliste de la Wehrmacht. Déjouant un cordon de gendarmerie, un petit groupe d'anciens combattants – des patriotes entrés dans la Résistance – entonna *La Marseillaise*, reprise à l'unisson par la foule. Une gerbe de fleurs fut même déposée sur le monument érigé à la mémoire des soldats tombés au champ d'honneur en 14-18.

Mme Galmier ajoute qu'un homme est venu la voir la semaine dernière, pour parler de cet événement. Il était présent sur la place Thiers, ce jour-là. Un Juif dont une partie de la famille a fini dans les camps. Il avait alors onze ans, et s'était joint à la chorale improvisée. Cette *Marseillaise* est restée gravée dans son cœur jusqu'à aujourd'hui. Le vieux Juif a même confié que des larmes lui montent aux yeux et ses tripes se nouent chaque fois qu'il entend l'hymne national. Et qu'il regrette de n'avoir pas été au Stade de France, le 6 octobre 2001, pour raconter aux jeunes siffleurs imbéciles « sa » *Marseillaise* du 11 novembre 1942 à Brive.

« Mais ss'on ss'éloigne de notre ssujet ! » se reprend Mme Galmier, émue par cette anecdote. Elle désigne l'affiche du doigt. « Css'est pour répondre à un appel ssimilaire, l'année ssuivante, en 43 donc, que les maquissards du Puy-du-Ssien ont voulu défiler devant le monument aux morts de Ssaint-Martel. »

Selon elle, cette mise à découvert leur aurait été fatale : il y avait du beau monde à la cérémonie, notamment des représentants de la préfecture et de la milice. Les clandestins auraient été repérés, peut-être suivis, et en quelques heures les Allemands auraient su où ils se terraient.

« Cssela dit, il est possible que les nazis », elle le prononce parfaitement, celui-là, « aient ssu avant cssela l'ecssisstensse de csse maquis. »

La directrice du musée nous explique alors que des rumeurs ont couru, après le drame, évoquant une dénonciation. Quelqu'un aurait donné à un officier SS le lieu exact des différents camps. Le jour de l'attaque, ils ont été pris directement en étau, sans aucun tâtonnement : les soldats de la Wehrmacht savaient précisément où ils allaient.

Depuis le mois de février 43, les réfractaires au STO affluaient, et il fallait leur trouver des points de chute. Quelques-uns étaient originaires du coin, la plupart du département, mais certains arrivaient de plus loin : du Pas-de-Calais ou des bords de la Méditerranée. Deux grandes organisations se partageaient les maquis en Corrèze : l'Armée secrète, plutôt dans la mouvance d'Edmond Michelet, très implantée autour de Brive ; les Francs-tireurs et Partisans, proches des communistes, qui avaient leur quartier général au-dessus de Tulle, vers Clergoux.

À Saint-Martel, les clandestins aménagèrent d'abord une grotte qu'ils rendirent habitable en la fermant comme une cabane ; au mois de mai, un deuxième groupe prit possession d'une carrière désaffectée, sur l'autre versant. Un gué entre les deux permettait de traverser la Valière, où durant l'été, qui fut particulièrement chaud, les hommes construisirent un petit barrage pour pouvoir se rafraîchir. Enfin, deux fermes en haut de la colline assuraient la logistique.

À la fin du printemps des armes avaient été parachutées par un avion anglais, et un gradé de la Résistance avait entamé leur instruction militaire. Il s'agissait de préparer cette armée de l'ombre à mener des actions de sabotage contre l'occupant. Pas évident toutefois d'encadrer ces garçons jeunes et fougueux, à l'esprit parfois détourné par une passion amoureuse ; la discipline n'était pas toujours leur fort...

« Css'est une troissième hypothèsse, poursuivait notre hôte. Que l'un de csses gaillards ait manqué de disscréssion ssur leur cachette... »

La réplique au défilé devant le monument aux morts de Saint-Martel ne se fit pas attendre. Au lendemain du

11 novembre, un avion allemand survolait la zone pour faire des repérages à travers les forêts de pins. Vingt-quatre heures plus tard, quatre cents soldats descendus de Limoges menaient l'attaque. Un combat inégal. Aux malheureux tirs des maquisards, équipés de Sten ou de fusils de chasse, les nazis opposèrent des mitraillages sans fin au rythme des MP 40. Tout semble être allé très vite.

Les prisonniers furent torturés sur place, puis massacrés à coups de crosse ou de bottes. Ceux qui bougeaient encore furent achevés d'une balle – le coup de grâce. Il avait beaucoup plu la veille, les corps gisaient dans la boue d'un champ récemment labouré. Rouge et noir mêlés, les sillons prenaient la couleur de la mort. Les dépouilles, retrouvées dans la soirée après la remontée des troupes allemandes vers Limoges, furent transportées jusqu'à la route dans une charrette à bras, puis en camionnette vers Donzenac, où le pharmacien procéda le lendemain à leur toilette. L'inhumation eut lieu – malgré l'interdiction des Allemands – en présence d'une grande partie de la population.

Le récit glace les sangs. Charles ne pipe mot à mes côtés. Je le sens raide et froid. Je songe qu'il doit imaginer son père dans cet enfer.

L'inquiétude due aux repérages aériens, la veille, l'anxiété suscitée par les grondements de moteurs au loin : des chars, des camions, des mitraillettes, en train de converger vers vous. Puis les premiers coups de feu. Le pouls s'accélère, le souffle manque, la respiration devient un effort. Comment s'organise-t-on ? Qu'était-il prévu ? Tout va si vite. On se regroupe près des fermes pour riposter. On oublie la bonne odeur des fougères et des sous-bois, le doux chant du ruisseau qui vous a bercé jour

159

et nuit. On bascule d'un seul coup dans la guerre. Voici déjà l'éclat des armes ennemies luisant au soleil à travers les feuillages en haut de la colline. On riposte comme on peut. On tue un ou deux boches. La tension des combats vous saisit, avec la rage et la peur au ventre, devenu dur comme du ciment. Une sorte de transe mortelle. Les cris pour s'encourager, pour expurger l'angoisse. L'effroi de voir tomber les camarades les uns après les autres. Les blessés capturés, la souffrance, les hurlements sous les coups qui pleuvent. La vue se trouble. Le sang gicle. Les muscles tremblent. Un geste machinal pour tenter de se protéger. Les os craquent. La douleur paralyse.

On prie ? On pleure ? On gémit ? On pense à sa mère ? À son père ? On implore un pardon ? On regarde l'agresseur droit dans les yeux ? On se redresse malgré la douleur pour mourir fièrement ? On chante *La Marseillaise* ? *L'Internationale* ? Quelle dernière image au moment de la mort ?

Toutes ces questions qui se bousculent dans ma tête, Charles les formule-t-il aussi ?

Il reste figé face aux affiches et aux objets qui font revivre le massacre.

Je n'ose pas lui adresser la parole, je peine à le regarder.

Je remercie la directrice du Centre Michelet pour ses précieux éclairages. Le sourire de Mme Galmier, presque indécent après ce cauchemar, nous accompagne vers la sortie. Nous quittons l'endroit, silencieux et abattus.

C'est sans un mot également que nous entamons le trajet en direction de Sarrazac.

Je redoute à présent la visite à ce Dédé, le frère de Pierre, donc l'oncle de Charles. Un nouveau récit du massacre risque d'être dur à supporter.

Chapitre quinze

TERRASSON, 2013. MARDI 16 JUILLET. Le plaisir de respirer la nature à pleins poumons. L'air frais du petit matin a discrètement laissé place à une tiédeur naissante. La météo annonce encore une trentaine de degrés pour l'après-midi.

Je cours depuis deux heures.

De l'hôtel j'ai voulu m'engager vers le sud, mais la route grimpait trop. Pour éviter d'épuiser mes forces, j'ai préféré longer la nationale, à plat, en direction de Brive, et j'ai emprunté dès que j'ai pu une voie moins passante, à gauche, vers La Rivière-de-Mansac, un bourg très calme. Quelques chiens ont aboyé à mon passage. J'ai vu une cliente acheter sa baguette du petit déjeuner dans une boutique marquée « Alimentation » – il ne doit pas y avoir de boulangerie. Un homme est sorti de chez lui pour grimper dans sa voiture et, sans doute, filer à son travail. Ma montre-bracelet marquait 8 heures, j'ai décidé de boucler mon parcours en revenant par une petite route qui flirte avec la Vézère jusqu'au centre de Terrasson. De coquets pavillons en pierre taillée, ornés de buissons fleuris et clos par des grilles en fer forgé, m'ont accompagné à la sortie du village, puis il y a eu d'un côté les rails et de l'autre des haies sauvages. Heureusement mon GPS m'a guidé, sinon je manquais à un moment de tourner sous le pont pour couper la voie ferrée, et je me perdais.

Besoin de me défouler ce matin. De laver mes pensées après la séquence d'hier, d'abord chez M. Audibert, puis au Centre Michelet.

Courir nettoie le corps et l'esprit, insuffle un rythme hors du temps. On est aspiré vers l'intérieur de soi, c'est un état d'abandon où toute l'énergie tend vers une seule chose : aligner chaque foulée dans une mécanique implacable, sans réfléchir. Par ce geste, on s'évade de tout : les petits tracas du quotidien, les questions importantes qui traînent sans être réglées, les querelles bénignes avec ses proches, les émotions trop fortes.

Les émotions trop fortes. Le récit du massacre du Puy-du-Chien m'a secoué, je l'avoue. Il fallait que j'en expurge les images.

Hier soir, nous avons décidé de faire halte dans cet hôtel après seulement quelques kilomètres. Le silence dans la voiture devenait trop pesant. Il fallait s'arrêter, discuter. Charles, surtout – je le sentais nerveux –, devait libérer ses sentiments. Nous avons dîné dans une salle à manger sobre, aux tables rondes et aux chaises également arrondies. Pas le grand luxe, un établissement d'étape pour représentants de commerce ou pour les touristes avant les grottes de Lascaux. Peu importe le confort, nous devions nous poser.

Charles a parlé, longtemps. De son père. De lui. De nous dans cette quête, qui commence à le faire douter : « Tout cela est-il vraiment utile ? » Pour se redonner de l'espoir il s'est souvenu de ses lectures d'Oscar Wilde, pour qui « douter c'est vivre » : le cerveau de celui qui n'a que des certitudes arrête de fonctionner. Charles veut avoir un cerveau en marche, qui cherche à comprendre. Et, forcément, il doute.

Je l'ai encouragé, j'ai essayé de lui remonter le moral : « Au moins vous me faites gagner un bon salaire ! » J'ai réussi à lui arracher un sourire…

À vrai dire, j'ai hésité de longues semaines avant d'accepter sa proposition. Je ne réalisais pas très bien quelle aide précise je pouvais lui apporter. En plus, je n'étais pas très chaud pour me coltiner un vieux bonhomme à longueur de journée. J'avais aussi mon marathon à courir, le dernier dimanche de juin, en Seine-et-Marne. Après l'empoignade de Chatou, je ne l'ai plus accompagné dans ses sorties du mardi. J'ai préféré m'entraîner à Paris.

Mais, surtout, mon attention était polarisée sur un domaine très personnel…

Charles m'avait donné le numéro de Maika !

Je l'ai rappelée – sans hésitation, elle, tant j'étais véner[1] d'avoir perdu son 06 ! Elle a fait celle qui ne s'y attendait pas. Pourtant j'ai bien senti, dès le premier coup de fil, qu'elle était super contente. C'est de la balle, cette nana ! Elle est galbée comme Marilyn (pulpeuse comme je les aime), n'utilise pas le langage des cités, a autre chose qu'un pois chiche dans la cervelle, et elle adore aller au cinéma.

Je lui ai pris la main quand nous avons couru dans les couloirs du métro pour être à l'heure à la séance, elle s'est laissé faire en riant. Elle m'a offert du pop-corn dans le hall du complexe en posant un délicieux bisou sur ma joue. Notre premier baiser est arrivé au milieu du film, au

---

1. Énervé.

moment où Tom Cruise (Jack Reacher) sauve Rosamund Pike (l'avocate). J'ai un peu oublié la fin de l'histoire…

Pour le reste, on s'est faufilés dans son petit studio de Montrouge le soir même, et on a passé tout le printemps sans trouver la moindre bonne raison de ne pas remettre ça le lendemain.

C'est Maika qui m'a incité à accepter le job. Trois mille euros mensuels. « C'est inespéré ! Même si cela ne dure que deux ou trois mois, tu prends le pactole… »

J'ai donc rappelé Charles il y a une dizaine de jours. Il m'a invité chez lui pour me raconter son histoire dans le détail. Quel appartement de ouf ! Versailles sur Luxembourg. Des pièces partout, un escalier comme au Lido, une vue directe sur le jardin. J'y suis allé plusieurs fois. Nous avons discuté de ce qu'il voulait exactement. J'ai fait un premier travail de recherches sur le Web, pour dégrossir les informations.

Et nous voilà ce matin à Terrasson.

Je rentre à l'hôtel en nage. L'esprit encore marqué par le récit du massacre.

Dans quel état vais-je retrouver Charles ? Moi, j'ai très mal dormi. Une nuit de cauchemars.

Et lui ?

La salle du petit déjeuner est animée. Après une bonne douche, une faim de loup me tenaille. Avec toutes les calories que je viens de dépenser, je vais m'enfiler un méga brunch !

Je cherche mon « patron » (Maika a raison, même si je ne me résous pas à le considérer ainsi). Il n'est pas là. Dormirait-il encore ? Ce serait étonnant, il m'a confié ne pas être amateur de grasses matinées. C'est vrai, hier au gîte il était debout bien avant moi Ou alors il a déjeuné et il est remonté dans sa chambre.

Je m'avale un grand bol de céréales, au pain-jambon-fromage, une assiette de saucisses aux pommes de terre, deux tartines grillées beurre-confiture, un yaourt à l'ananas (j'adore), deux « chocolatines », comme ils disent par ici, le tout accompagné d'un immense mug de café, et me voilà prêt à repartir pour une journée de travail.

Aucune nouvelle de Charles, je suis tout de même un peu inquiet. Déjà 9 h 30... Je demande à la serveuse si elle l'a aperçu : non ; au comptoir d'accueil si sa clef est pendue au tableau : non plus ; à la femme d'étage en sortant de l'ascenseur si le monsieur de la 212 est sorti : encore non.

Je frappe chez lui. Pas de réponse. J'insiste. Nul bruit à l'intérieur. Je commence à angoisser. Lui serait-il arrivé quelque chose ? Je rentre dans ma chambre, contiguë à la sienne, je tambourine sur la porte communicante. Je l'appelle, de plus en plus fort : « Charles ? Vous m'entendez ? Vous allez bien ? »

Au bout de plusieurs minutes, je perçois enfin quelque chose ! Une sorte de baragouin incompréhensible. C'est sa voix...

Je ressors, tombe dans le couloir sur la femme de chambre, exige (et obtiens malgré ses réticences) qu'elle ouvre avec son passe, pénètre dans la chambre. Face au spectacle qui s'offre à moi, j'empêche l'employée de l'hôtel de me suivre : « Merci, tout va bien, mon ami s'est endormi tard, je pense... » Et je la repousse vers l'extérieur, en refermant soigneusement le verrou.

Charles est allongé à plat ventre – je devrais dire

vautré – sur le lit, les jambes dans le vide, en caleçon et tricot de peau. Il ronfle, ou grogne, ou marmonne, ou bave, ou le tout à la fois. Autour de lui, un véritable capharnaüm : des dizaines de mignonnettes d'alcool ouvertes éparpillées partout sur le sol et plusieurs cadavres de bouteilles de vin.

Le vieux s'est bourré la gueule toute la nuit.

Je peste, je lui crie après, je le secoue. Rien n'y fait. Il est dans un état second.

Ni une ni deux, je le soulève, le dépose dans la baignoire et dirige le pommeau à grande eau sur son visage. Il hurle à son tour, sursaute, se protège tant bien que mal des deux bras, tente de me repousser.

Je gueule plus fort que lui :

« Putain ! C'est quoi, ce délire ? Vous avez vu dans quel état vous êtes ?

– Je suis dans l'état que je veux. » Sa voix titube. « Je choisis de boire si je veux. Si j'ai envie de descendre une bouteille, c'est pas toi qui vas m'en emp...

– Vous êtes grave malade ! C'est pas une, c'est quatre ! Plus tous les échantillons de rhum, gin, vodka, whisky, prune... Vous avez liquidé le mini bar.

– Et ceux des deux chambres d'en face – les portes étaient restées ouvertes hier soir. » Il rigole. « Et j'ai pu commander ce que j'ai voulu. Le réceptionniste de nuit est très compréhensif... D'abord, vous m'emmerdez avec vos leçons de morale. »

Il se débat violemment.

Je lui envoie une gifle.

Il est sonné. Tant par la puissance de mon geste que par l'idée même que j'aie pu le commettre.

Je lâche la douche. Sors en claquant la porte.

Je pars. C'est décidé. Cette fois-ci, Charles est allé trop loin. Je commence à faire du stop vers Brive. Personne ne m'embarque. Je marche un long moment sous le soleil. J'ai chaud. Tout se bouscule dans ma tête. Ma course ce matin, les images d'hier, sa beuverie de la nuit. Je m'arrête sur le bas-côté et pose mes fesses sur une pierre. J'appelle Maika. Elle tente de me convaincre.

« Retourne le voir. Tu ne peux pas l'abandonner comme ça.

– Fait chier ! Je suis pas son garde-malade. Aucune envie de le voir dans cet état-là tous les deux jours. On a passé un deal…

– Oui, mais ce que tu me racontes de votre journée d'hier a dû le remuer. Toi aussi, d'ailleurs. Je le sens à ta voix. »

Un signal de double appel interrompt notre conversation. C'est Charles.

« Pardon, Matt. Je ne sais pas où vous êtes, mais revenez. Prenons un café. »

Je fais demi-tour.

Nous sommes à présent dans le hall de l'hôtel, midi approche. Il est dégrisé. Je ne sais pas comment. Certes, ses traits restent tirés, de larges rides creusent son front, et ses yeux rougis (par l'alcool ou les pleurs) ont du mal à me fixer. Mais il tient debout et a retrouvé une haleine moins lourde.

« Charles, je vais abandonner, je crois.

– Restez. Je vous en prie. »

Son air piteux fait peine à voir. Les épaules basses, le dos voûté, il se dirige à petits pas vers un des fauteuils de l'accueil. Son corps alourdi s'effondre d'un bloc. En une nuit, il a pris dix ans.

Il tente de me lancer des œillades d'enfant capricieux qui chercherait à se faire pardonner, à reconquérir son monde.

Je ne sais que penser.

« J'ai eu du mal à supporter cette horreur, commence-t-il. Comprenez-moi. Le récit de M. Audibert, et ces images, ces documents, tous ces objets, dont certains ont peut-être appartenu à mon père. » Il porte son regard au loin, comme s'il observait quelque chose avec précision. « Cette casquette en toile, par exemple, sous le présentoir en verre. Vous l'avez remarquée ? Elle est maculée de taches noirâtres encore visibles, soixante-dix ans après. J'ai songé un instant qu'elle avait pu recouvrir la tête de mon père quand il a été frappé. Un rempart dérisoire entre les coups de ces barbares et son pauvre crâne. Je… », un sanglot le saisit, « je voyais son visage se tordre de douleur… Je sais, c'est idiot, je ne connais même pas son visage, comment pourrais-je l'imaginer ? »

Au fur et à mesure qu'il me confie ce qu'il a ressenti, je compare son mal-être au mien, je reconnais mon besoin, à moi aussi, de libérer le trop-plein de sensations accumulées.

Maika a raison.

Moi je me suis enivré dans l'effort. Lui s'est épuisé dans l'alcool.

« J'ai pensé à vous, Matt. J'ai d'abord résisté. Ma promesse. Votre formidable travail d'enquêteur qui nous permet d'avancer si vite. Mon désarroi. Mais les tripes brûlaient dans mon ventre. Une féroce envie de boire me tenaillait. En même temps je ne voulais pas. Je tendais le bras vers le frigo, mes doigts tremblaient. Je me faisais violence pour ne pas ouvrir cette satanée porte. Je me recroquevillais au pied du lit. Puis je regardais à nouveau les fioles qui me narguaient. Je claquais la porte du bar. Deux heures ! Je me suis battu ainsi plus de deux heures avec ma conscience. Il faut me croire, Matt. Je ne voulais pas. Oh non, je ne voulais pas... Et puis j'ai craqué... »

Des larmes glissent sous ses épaisses paupières. Il renifle à plusieurs reprises.

« Ça va ! Vous n'allez pas chialer comme un gosse. »

Je lui tends une serviette en papier. Il se mouche dans un bruit de tempête. Des fibres restent accrochées à sa barbe mal rasée. Je plonge mon regard dans le sien. Et je lui prends la main.

« Moi non plus je n'allais pas bien ce matin. On va le retrouver, votre père... »

Brive, le 14 novembre 1943

Chéri.

Je n'ai pas dormi de la nuit. Je t'ai imaginé dans ce bourbier. Ce devait être affreux. Les balles qui sifflent, l'éclair des mitraillettes, les hurlements de ceux qui sentent un bout de corps leur être arraché dans le déluge de feu.

Combien de temps a duré l'attaque ? Des témoins parlent de moins d'une heure. Au fond, tant mieux. La disproportion des forces a permis d'en finir au plus vite, d'éviter des jours et des jours d'un combat sans fin.

La souffrance est-elle plus supportable quand elle ne dure pas ?

Et toi, comment as-tu réagi dans cet enfer ?

Je te reproche souvent de trop aimer les armes. Tu ne te sépares jamais de ton pistolet. Tu le net-toies amoureusement chaque matin, et tu vérifies sans cesse le cran de sûreté. Quand nous dînons, tu le déposes près de toi, ce qui m'agace, parce que ça me coupe l'appétit.

Et lorsque nous nous retrouvons dans une petite chambre d'hôtel pour faire l'amour, tu le glisses sous l'oreiller.

Je n'ai jamais osé te demander si c'était par sécurité, afin de l'avoir toujours à portée de main, ou si cela t'excitait davantage.

Tu sais, je me suis vraiment posé la question — tu en parles parfois comme d'une femme…

Te souviens-tu, la première fois où nos corps ont fait connaissance ? Quelle drôle de situation. On s'était donné rendez-vous au bois de la Chapelle, à l'écart d'un village entre Brive et Tulle. Je connaissais un chemin sans issue, où nous pourrions profiter de notre intimité sans être dérangés.

J'avais appuyé ma bicyclette contre un marronnier, tu t'étais garé sous les arbres qui formaient un recoin au bout du sentier de terre. Nous avons fait ça dans ta voiture, à la va-vite.

Nous étions si pressés que nous nous sommes à peine déshabillés. À chacun de tes mouvements, je sentais le froid de ton pistolet contre ma cuisse. Nous en avons ri après !

Pourquoi les hommes ont-ils inventé la poudre ?

Nous aurions pu vivre heureux dans un autre monde, sans revolvers, sans chars, sans ennemis à tuer.

Je bénis la guerre de nous avoir rapprochés. Sans elle, jamais tu ne serais entré ainsi dans ma vie.

Aujourd'hui, je la déteste plus que tout. À cause d'elle, notre amour est déchiré.

Je n'ai aucune nouvelle de toi depuis le drame, hier.

Je souffre atrocement de ce silence.

Dis-moi vite que tout va bien.

Ton ange en ailes, Angèle.

Chapitre seize

Sarrazac, 2013. Mercredi 17 juillet.

« Tout a commencé pour mon frère dès le début de l'Occupation. Il était sur le front quand Pétain a signé l'armistice en 40, un mois tout juste après son arrivée au pouvoir. Un gars du Nord, dans son unité, s'exclamait sans cesse : "Cette fois, la guerre est finie ! Grâce au Maréchal, on est sauvés !" Je peux vous dire que ça l'énervait, mon Pierre. Il me l'a assez répété par la suite. Il avait beau rétorquer au gugusse que, à l'inverse, avec la capitulation, les Allemands se considéreraient désormais ici comme chez eux, l'autre n'en démordait pas... »

Dédé nous reçoit chez lui, une maisonnette à l'écart de Braudy, un hameau près de Sarrazac, le long d'une route en forte pente. En bas, un petit pont enjambe le ruisseau. C'est la seule habitation dans ce coin de vallée, plein nord, sans soleil du matin au soir. Le confort à l'intérieur est spartiate. Un gros poêle au centre de la pièce du bas doit chauffer le tout : je n'ai vu aucun radiateur. L'eau semble arriver du ruisseau par un gros tuyau. Je ne suis pas sûr que le tout-à-l'égout soit installé.

Dédé vit là en célibataire endurci. Il touche une

maigre retraite d'agriculteur, cultive toujours son lopin de terre sur le haut de la colline, et fait encore ses fromages grâce à quelques chèvres qui broutent sur les versants. Plus âgé que Charles, je dirais d'une quinzaine d'années, il offre un visage rayonnant. Ses petits yeux verts pétillent sous les rares cheveux blancs qui peuplent encore son crâne.

Nous l'avons retrouvé sans peine.

Avant de quitter Saint-Martel, un détour par la stèle érigée à la mémoire des martyrs du Puy-du-Chien nous a permis de relever les noms des deux Pierre inscrits dessus. Un seul correspondait – dans les Pages Blanches – à celui d'un habitant de Sarrazac prénommé André et qui, par bonheur étant donné le dénuement de sa demeure, avait consenti à faire installer le téléphone. André Estandieux.

Le nom a tout de suite marqué Charles. Il trouve que cela lui va bien : *Charles Estandieux*. Il aime déjà son nouveau patronyme, même si officiellement il ne pourra jamais l'utiliser. Comment prouver en effet qu'il est le fils de Pierre Estandieux, mort pour la France le 13 novembre 1943 sur la commune de Saint-Martel, Corrèze, dans l'attaque d'un camp de maquisards par une colonne de soldats SS ?

Sur le seuil de sa maison, j'ai expliqué notre démarche à Dédé. Dans les grandes lignes. Mais Charles l'abreuvait déjà de questions : « Comment était votre frère ? », « Avez-vous connu ma mère ? », « Pourquoi était-il dans ce maquis-là ? », « Comment entre-t-on dans la clandestinité ? », « Qu'est-ce qui fait qu'on est résistant, plutôt que collabo ? », « Ou l'inverse ? »

Derrière ses yeux malicieux, Dédé a encaissé net l'interrogatoire (a-t-il été touché par l'impatience de Charles ?).

Il nous a invités à entrer, a fait bouillir de l'eau pour un café, puis il a balancé : « Je vais vous dire ce que je sais de Pierre et de votre mère. Mais je crains que vous soyez déçu. » La phrase a été prononcée sur un ton énigmatique, appuyé d'un regard par en dessous, comme dans une pièce de théâtre où l'acteur minauderait avant de lâcher le morceau. « Mais d'abord, laissez-moi vous parler un peu de lui, de son parcours, vous comprendrez mieux quel héros il a été. Oui, quel héros... » Là encore, il a enveloppé le mot d'un regard, mais plus dur que le précédent, plus profond. Histoire de nous montrer combien il admire son frère, et avec quelle force il allait l'évoquer à présent.

Et Dédé s'est lancé dans son long monologue.

« Donc l'autre n'en démordait pas : "La guerre est finie. Vive le Maréchal !" Le type avait baissé les bras sitôt la reddition du gouvernement, tandis que Pierre avait déjà compris que le pire était à venir.

» Vous m'avez demandé, Charles, pourquoi on entrait dans la Résistance. Le savait-on nous-mêmes ? Certains ignoraient la veille qu'ils allaient gagner la clandestinité. Il suffisait d'une attaque allemande, d'une menace sur la famille, d'un ami convaincant. Il y a eu les opposants de la première vague, comme Pierre, qui ont refusé tout de suite la capitulation. Ils étaient rares. Beaucoup ont d'ailleurs subi un sort dramatique : je pense à ces étudiants parisiens arrêtés le 11 novembre 40 à Paris. Déjà un drame du 11 novembre...

» Je ne vous dirai rien des faux-culs de la dernière heure, les opportunistes qui ont surgi à la veille de la

Libération, parfois en tournant casaque sans vergogne ni complexes. De sacrés enfoirés, ceux-là ! Non, je préfère m'attarder sur la deuxième vague de résistants, arrivée fin 41. Pour plusieurs raisons. D'abord la contre-offensive soviétique menée par le maréchal Joukov, le 5 décembre, qui repoussait les nazis de deux cents kilomètres – premier arrêt dans l'avancée de Hitler en Europe. Et deux jours plus tard Pearl Harbor, qui marquait l'entrée des États-Unis dans la guerre. Avec ces deux événements, un espoir nouveau naissait.

» J'ai rencontré une fois Edgar Morin, lors d'une conférence à Limoges. Nous avons parlé de cette période décisive. C'est ce moment charnière qui l'a motivé, lui. Voir tant de jeunes dans tous les pays du monde, y compris désormais les Américains, jouer leur peau sur les champs de bataille. "Et moi, pendant ce temps, j'allais rester dans la médiocrité, dans la nullité ?" qu'il m'a dit. Il a surtout ajouté un argument que je n'arrivais pas à formaliser, mais dont il m'a fait prendre conscience : "C'était la différence entre vivre et survivre. Nous aurions pu survivre, moi, vous, votre frère, tranquillement, en restant chez nous. Mais vivre… Vivre implique, dans certaines circonstances, de prendre des risques, y compris celui de mourir. Nous devions les prendre." Morin avait raison.

» Notre famille résidait à la campagne. La mère faisait le pain, le père tuait le cochon ou les poules, et avec les légumes des champs on s'en sortait. Mais on sentait bien que dans les villes la situation devenait de plus en plus critique, surtout après l'arrivée des chleuhs. Une haine de l'occupant s'installait doucement. Il faut dire que ce dernier ne se gênait pas : il pillait les récoltes, réquisitionnait le blé, les veaux, bref, tout ce qui pouvait nourrir ses troupes. Pourtant, là encore, tout le monde ne se révoltait pas. Il n'était pas rare d'entendre : "Bon, ben…, voilà… Si les Allemands gagnent, ce sera fini… la vie reprendra normalement. Autant aller vite…" Mon frère, lui, ne se résignait pas : les boches ne pouvaient pas, ne devaient pas, l'emporter. Il était comme ces pupilles de la Nation, orphelins depuis la Première Guerre, qui se lamentaient : "Si mon père voyait ça…"

» Pour être honnête, la majorité des "braves gens" réagissaient comme son camarade de régiment, ils croyaient en Pétain. Le vainqueur de Verdun n'allait sûrement pas livrer la France aux nazis sur un plateau ! Ça non, alors ! Le bonhomme fomentait forcément une réplique dans leur dos. On allait les foutre dehors ! Tous les anciens combattants l'acclamaient. Et la masse silencieuse attendait… C'était un désastre… Tenez, par exemple, le patron de Pierre – oui, mon frère avait repris son travail de charcutier à Périgueux après la démobilisation – a même voulu le faire adhérer, durant l'été, à la Légion française des combattants. Il insistait. Ce citoyen honnête, un commerçant et père de famille, anti-boche de surcroît, fondait tous ses espoirs sur le vieux moustachu. Pierre a failli y perdre sa place, mais il a tenu bon. Heureusement : cette légion, née de la fusion de toutes les associations d'anciens combattants, allait donner naissance trois ans plus tard à la Milice de sinistre renom.

» Bien au contraire, une fois rentré du front après l'armistice de 40, Pierre a cherché quelles actions mener pour ne pas se résigner à la défaite. Très vite des contacts se sont noués, dans la plus grande discrétion, car la propagande de Vichy n'incitait pas à l'insoumission (de nombreux républicains, qui appelaient un peu trop fort à l'indépendance de la France, se sont retrouvés dès cette époque derrière les barreaux). Nous avions un cousin, Jeannot, lié à ceux qu'on appelait les Légaux. C'était une sorte de maquis avant l'heure : ils ne vivaient pas en clandestins dans les bois, ils circulaient librement dans les rues ou à travers la région, mais ils avaient de faux papiers. Au début, ils n'étaient pas trop nombreux.

» À la maison, nous étions favorables à cette Résistance qui prenait corps. En 40, j'avais treize ans. Je ne comprenais pas tout, mais j'assistais aux longues discussions entre Pierre et notre père. Tous deux s'indignaient du renoncement de Vichy, ils vitupéraient contre les Alliés qui ne réagissaient guère davantage, ou ils tiraient des plans sur la comète pour monter une contre-armée. Dès l'automne, on se réunissait autour du poste pour écouter les émissions de Radio Londres. Jusqu'au jour où Jeannot est venu proposer à Pierre de rejoindre un groupement de jeunes.

» Sa mission était, dans un premier temps, de recruter d'autres volontaires, et de constituer des groupes de trois. Jeannot lui avait donné cette consigne majeure : "Ne connaître que ton supérieur et ceux que tu enrôles. Si ces derniers veulent amener à leur tour d'autres gars, tu devras ignorer leur identité réelle." En fait, le cloisonnement s'élaborait en alvéoles, pour la sécurité de tous.

» Au bout de quelques mois, Pierre avait constitué plusieurs groupes, qu'il gérait de loin en loin, en fonction des villages de chacun. Il allait les rejoindre pour les premières initiatives. Je le voyais partir le soir, un pot de minium à la main. Dans la région, les slogans ont commencé à fleurir sur les poteaux électriques : "À bas Pétain !", "Vive de Gaulle !" Dans les campagnes, personne n'osait signaler ces écrits, qui restaient visibles plusieurs mois.

» En moins d'un an, il est devenu un permanent des Légaux. Sans regret, il a abandonné la charcuterie et consacré tout son temps à circuler à travers le Périgord, puis très vite vers les départements voisins. Ma mère, folle d'inquiétude, le voyait disparaître quatre ou cinq jours, parfois plus d'une semaine. Il revenait comme si de rien n'était. Nous étions encore en zone libre, seuls les gendarmes lui demandaient parfois ses papiers. Encore inconnu des registres, il avait gardé son identité réelle et se présentait comme commis agricole à la ferme de nos parents. Quant aux voisins, ils n'étaient pas surpris par ses absences, lui qui avait l'habitude de travailler à Périgueux.

» La tâche l'accaparait de plus en plus. D'autant qu'à partir de 42 la zone libre a été envahie, et que quelques mois plus tard de nombreux réfractaires au STO ont voulu rejoindre les maquis. Il a fallu alors les accueillir, leur trouver un endroit approprié dans les forêts pour les cacher, organiser la clandestinité et les nourrir. C'était un défi quotidien. Heureusement, il existait des filières avec des paysans qui refusaient l'Occupation. Des tranches de jambon circulaient. Les femmes confectionnaient des pâtés. Du blé – hors rationnement – arrivait chez des boulangers complices et repartait en tourtes anonymes. Certains l'ont payé de leur vie, comme celui de Nadaillac qui a remplacé son pain dans le four le jour où les boches sont venus lui régler son compte. La nuit, des "liaisons" allaient chercher des légumes ou des pommes de terre dans les fermes. Une fois dans un hameau, le lendemain sur une commune différente. Tout cela réclamait une coordination parfaite. Pierre, très à l'aise avec tout le monde, gentil et bienveillant, savait se faire accepter. Il organisait les réseaux à merveille. Il est donc vite devenu un responsable régional de la Résistance. »

Charles boit les paroles de son oncle. Il ne perd pas une miette du récit. Son visage s'éclaire parfois. Je vois ses sourcils se froncer, ses yeux se plisser. Ses doigts se nouent et se dénouent dans des mouvements nerveux. Il gigote des fesses sans arrêt sur son banc, sa respiration accélère et ralentit au rythme du récit.

Comme moi, Dédé remarque ce manège. Cette façon de quémander d'un regard implorant la phrase suivante, d'attendre avec impatience le seul moment qui va le captiver pour de bon : la relation entre le solide Pierre, son père, et la fragile Angèle, sa mère.

Une nouvelle fois, notre hôte fait preuve d'un grand mystère avec cette remarque :

« Attention à pas vous emballer ! Plus on monte, plus la chute est sévère… »

Face à nos mines interloquées, il enchaîne sur les sabotages et les actes armés.

Charles tend le cou et crispe le front.

« Régulièrement, Pierre allait en Corrèze pour encadrer des groupes de plus en plus nombreux, et parfois mal structurés. Il savait motiver les troupes comme personne : "Les Russes gagnent du terrain, les Anglais bombardent sans relâche, soyez sûrs que les chleuhs commencent à

douter. Il faut tenir, les gars. Ne lâchez rien... Courage !
C'est maintenant que tout commence..."

» Après l'été 43, la Résistance est entrée dans une
phase armée. Les fusils arrivaient. Il incombait à Pierre
de réceptionner et de répartir les parachutages. Les pis-
tolets étaient une denrée un peu plus rare, mais comme il
était devenu commissaire aux opérations il avait droit au
sien, qui ne quittait jamais sa ceinture. Plusieurs actions
ont été menées sous son commandement, avec succès :
le dynamitage à Brive d'une usine Philips qui fabriquait
du matériel radio pour les Allemands, le blocage de la
rotonde à la gare de triage des locomotives, la mise hors
service d'une grue de relevage des wagons, le déraillement
en série de trains au sud du département, le plasticage
des lignes à haute tension. Pourtant, la mise en place
début octobre d'un couvre-feu entre 20 heures et 6 heures
du matin lui compliquait la tâche. Mais, croyez-moi, il
n'avait pas froid aux yeux.

» Ces yeux bleus dont j'étais jaloux, moi, avec mes
pauvres pupilles marron. Je peux témoigner de son sang-
froid le jour où on a failli y passer tous les deux. C'était
à la fin de l'été. Je l'avais rejoint en Corrèze, même s'il
ne voulait pas que je m'engage dans ce combat-là : "Tu
n'es qu'un gamin, mon Dédé !" Sauf que je venais d'avoir
seize ans et que des copains plus jeunes autour de moi
avaient déjà gagné le maquis. À l'issue d'une violente et
brève dispute à la maison, il a compris qu'il ne pourrait
pas brider ma volonté. Et donc, un jour – je devrais plutôt
dire une nuit, car il était près de 1 heure du matin, nous
venions d'aider un groupe à récupérer des fusils dans un
parachutage –, nous nous sommes retrouvés tous les deux

sur un petit chemin lugubre. "Halte-là !" : deux GMR[1] nous interceptent. En une seconde, Pierre me hurle de sauter derrière le bas-côté, dégaine son revolver, blesse un des deux policiers et me rejoint dans les fourrés. Nous courons dans le noir en évitant les balles tirées par les Ruby de nos victimes, et nous rejoignons notre base à sept ou huit kilomètres de là. On avait eu chaud, et je peux vous garantir qu'on n'a pas réussi à fermer l'œil avant le petit matin, ni lui ni moi. Ce fut l'occasion d'une longue discussion comme deux frères peuvent en avoir parfois, sur nous, les parents, le sens de notre existence, notre combat contre les nazis, nos conditions de survie. Cette nuit-là, il s'est aussi confié à moi sur sa vie personnelle, et sentimentale – je vais y venir...

» Le plus souvent, rester dans les bois était rude. On dormait peu. On s'allongeait quelques heures dans des cabanes, des grottes, des granges (certaines abandonnées, d'autres pleines de foin, qu'on quittait avant le lever du jour) parfois des galeries souterraines où les poux se nourrissaient avec allégresse sur nos peaux sales. On se lavait dans les rivières. On cuisinait avec les moyens du bord. Il fallait braver le froid, la pluie, le risque d'être aperçus par des promeneurs ou des riverains. En plein hiver, certains habitants prenaient sur eux de nous accueillir pour une nuit, en nous offrant gîte, couvert et salle d'eau. De temps en temps un gars se plaignait. Pierre l'emmenait à l'écart, dialoguait de longues minutes avec lui – j'ignore ce qu'il lui disait, néanmoins tout rentrait dans l'ordre.

---

1. Groupes mobiles de réserve. Constitués en 1941, ils dépendaient de la police française et ont été actifs dans la lutte contre les maquisards, notamment en Limousin.

» Vous savez, il n'aurait jamais dû être au Puy-du-Chien. Au lendemain du défilé improvisé à Saint-Martel par les clandestins à l'occasion des cérémonies du 11 novembre, il a été dépêché sur place pour rétablir la situation. Il devait tancer les imbéciles qui avaient fait une telle démonstration publique, et surtout revoir la gestion de ces trois maquis trop rapprochés. Une partie des hommes allaient être dispatchés dans le département, et pour ceux qui resteraient là un nouveau lieutenant devait venir la semaine suivante.

» Je l'avais suivi pour cette mission. Nous sommes arrivés sur place le 12 novembre en fin de matinée. Il a entamé des discussions compliquées avec les responsables locaux. En fin de journée, quand il a vu les Fieseler survoler la zone, il s'est douté qu'un mauvais coup se préparait : les Allemands déployaient rarement leurs avions de surveillance sans intention. Le lendemain vers midi, pressentant le danger, il m'a envoyé à Brive pour prévenir un officier du réseau. C'est ce qui m'a sauvé. Je suis convaincu qu'il l'a fait exprès pour m'éloigner. Moins d'une heure après mon départ, les premiers chars allemands encerclaient le site. Je n'ai jamais revu mon frère.

» J'ai pleuré toutes les larmes de mon corps. J'étais anéanti, orphelin. Pourtant, sa mort a porté ma rage au centuple. Je ne voulais plus qu'une chose : flinguer le plus possible de boches.

» Ma mère ne s'est jamais remise de la mort de son grand fils. Mon père a sombré dans un silence qui l'a tenu jusqu'à sa propre disparition. »

André Estandieux s'arrête pour se servir une nouvelle tasse de café. Impatients d'entendre la suite, ni Charles ni moi ne mouftons. Par respect pour ce vieux résistant, nous restons fixes sur nos bancs, sans même remuer le petit doigt. Dédé reprend.

« Voilà. Je voulais que vous sachiez tout cela pour pouvoir vous révéler ce que je dois vous dire maintenant. Si je l'avais fait dès votre arrivée, vous n'auriez même pas attendu de savoir qui était mon frère, quel fut son combat contre l'occupant, et comment il a donné sa vie pour que la France reste libre.

» Ce que vous allez apprendre, Charles, concerne sa relation avec votre mère, la petite Angèle. Je sais qu'ils se voyaient souvent. Des rendez-vous étaient organisés dans des hôtels discrets. Parfois, Adrien, un porte-flingue de Pierre, les rejoignait. Un trio étrange s'était formé, qui aurait pu faire jaser dans la hiérarchie. Tout le monde savait que c'étaient de courtes réunions pour passer des messages, mais quand même. Depuis le début de l'automne, ils avaient été vus à plusieurs reprises, tous les trois. Adrien était en quelque sorte le garde du corps de Pierre. J'ignore comment Angèle était parvenue jusqu'à Pierre. Par Adrien ? Ou bien l'inverse ? Elle servait en tout cas d'agent de liaison avec d'autres personnes, à Brive.

» Quant à Adrien, il a disparu de la circulation le lendemain du massacre du Puy-du-Chien. Des rumeurs ont couru très vite. On lui a fait porter le chapeau d'une dénonciation : comment les Allemands s'étaient-ils retrouvés directement dans le petit vallon perdu où étaient installés les maquis ? Avaient-ils été informés avec précision ? On doutait de l'efficacité de la surveillance aérienne de la veille avec une telle exactitude (vu du ciel, tous les bois se ressemblent). Adrien avait-il vendu ceux qu'il côtoyait depuis des semaines ? Et pourquoi ? Est-ce vrai, est-ce faux ? Seul lui le sait (et les nazis).

» En tout cas, ce que je sais, moi, c'est que mon frère Pierre ne risque pas d'être votre père. Il aimait bien Angèle. Mais il ne la rencontrait que pour échanger des informations. Sûr et certain.

» Parce que, en réalité – c'est ce qu'il m'a avoué durant sa nuit de confidences après l'attaque des GMR –, il était surtout attiré par le jeune et bel Adrien… »

Chapitre dix-sept

Paris, 2013. Vendredi 19 juillet. Paris reste épargné par les orages qui remontent du sud depuis quelques jours. Dommage : il fait chaud. J'attends que le ciel craque. J'aurais aimé vivre en montagne pour connaître ces déchaînements inquiétants et fascinants. La peur que la nature vous emporte dans sa furie, mais aussi l'émotion d'un son et lumière qui frôle la quatrième dimension.

Une fois, une seule, j'ai assisté à un tel spectacle. L'année où mes parents ont pu nous offrir une semaine de vacances en Auvergne. J'avais huit ans. En moins de cinq minutes, la ligne d'horizon face au camping a noirci comme du charbon. Un vent puissant a menacé notre tente, devenue absurde dans sa fragilité évidente. Des grondements roulaient au loin, puis grossissaient, plus nets et plus puissants. À intervalles réguliers, une lumière blanchissait le panorama, comme un flash d'appareil photo. Parfois, un fil doré finement dessiné se fracassait sur le sol. Un de ces éclairs – plus proche que les autres – nous a aveuglés en même temps qu'un bruit de tonnerre brisait nos oreilles. L'excitation si intense qui m'a alors envahi m'apeurait autant qu'elle m'inondait de bonheur. J'aurais voulu que cela ne s'arrête jamais. Mes vieux, eux, ne faisaient pas les fiers. Surtout quand le déluge s'est abattu sur notre maigre toile. Des rivières verticales. Par chance, on s'en est tirés avec une simple séance de séchage une fois le soleil revenu.

Pas comme le type, hier, mort électrocuté dans le Var. C'est quand même bizarre, le destin. Voilà un promeneur, tranquille, sur un bord de plage : la foudre s'abat sur lui. Elle aurait pu s'écraser sur un arbre ou une antenne – la région n'en manque pas. Elle aurait pu rester suspendue en l'air, ou aller mourir dans l'immensité de la mer. Non ! Il a fallu qu'elle vise pile son crâne.

Le destin.

Le destin, Charles se demande s'il doit y croire ou non. Lui aussi a été foudroyé. Direct.

« Le ciel m'est tombé sur la tête. » La formule gauloise prenait tout son sens (Chirac aurait dit « Je suis tombé de l'armoire »). Il l'a jetée, comme ça, l'air hagard et les mains tremblantes. Nous remontions vers la capitale, en voiture, à l'issue de notre virée périgourdine.

Durant tout le trajet, le vieux bonhomme est resté immobile, à mes côtés. Dans un silence absolu que je n'osais rompre.

Depuis, il s'est enfermé dans ce mutisme, et me laisse livré à moi-même. Je me suis installé dans son appartement, pour essayer de lui remonter le moral. Mais je n'y parviens pas. Il me fait de la peine. Son rêve s'est effondré. Il ne saura jamais qui était son père. Avec cette défaite, sa vie implose une nouvelle fois. À son âge, je crains qu'il ne s'en remette pas.

Il m'a simplement dit : « Ce salaud de Roger ! »

Il accuse son grand-père de lui avoir menti, encore, en désignant ce Pierre, héros de la Résistance, comme étant son paternel.

187

Moi, je trouve que ça ne colle pas. Pourquoi son grand-père aurait-il agi de la sorte ? Quel intérêt de désigner un maquisard, alors que la famille, bourgeoise et conservatrice, les bannissait ?

Cette interrogation me hante depuis avant-hier.

Plus j'y réfléchis, plus je me demande si Roger n'était pas sincère. Autrement dit, si lui-même n'était pas convaincu qu'un certain Pierre, maquisard, lui avait donné un petit-fils. Dans ce cas, il aurait été dupé par un mensonge. Or la seule à pouvoir en être à l'origine, à l'évidence, était sa fille, Angèle.

Mais, là encore, dans quel but ? Pour cacher quoi ?

Ou pour protéger qui ? Le véritable père de Charles ?

« Bonjour, madame Galmier.

– Oui ! Css'est qui ?

– Matt, le jeune homme venu visiter votre centre lundi après-midi avec un monsieur âgé qui cherchait des informations sur son père.

– Je me ssouviens très bien. Comment ss'est déroulée votre vissite à Ssarrassac ?

– Heu... moyen... »

Je lui raconte notre entretien avec Dédé, et lui demande si elle en sait un peu plus sur cet Adrien, que je soupçonne d'une relation avec Angèle d'une nature autre qu'un simple lien de « boîte aux lettres ». Le défaut de langage de Mme Galmier remplit le combiné de chuintements qui rendent la conversation difficile à comprendre, mais je parviens à retenir que l'homme en question était un Briviste issu d'une famille modeste, entré tardivement dans la clandestinité.

188

Il avait été élevé dans le quartier Champanatier, situé en dessous de la gare, et depuis qu'il était adolescent il donnait un coup de main à l'Hôtel Terminus, en haut de l'avenue. Il y gagnait une pièce ou deux le week-end. Or c'est là que les Allemands avaient installé leur Kommandantur. La Gestapo, elle, avait investi l'Hôtel de l'Étoile, sur le trottoir d'en face, rejointe plus tard par la Milice. Mme Galmier précise d'ailleurs que les plaques « avenue Jean-Jaurès » avaient été déboulonnées jusqu'en face de l'église Saint-Sernin, tout en bas. L'occupant, ayant peu d'estime pour le socialiste et pacifiste français, avait rebaptisé l'artère « rue de la Gare ».

Très vite, Adrien avait compris l'intérêt qu'il avait à venir servir un peu plus souvent au Terminus : en ouvrant grands ses yeux et ses oreilles, il pourrait glaner des informations intéressantes.

« Mais comment savez-vous tout cela ? » lui demandé-je.

Son éclat de rire, à l'autre bout du fil, rafraîchit notre conversation. Sa réponse semble évidente.

« Le Cssentre Michelet est au cœur de csse quartier. Nous ssavons des vieux voissins bavards qui aiment venir me raconter leurs ssouvenirs. Je ssuis devenue un peu la mémoire publique de cssette époque... Une chansse pour vous, car la famille d'Adrien n'est pas resstée longtemps après la Libérassion... »

Mme Galmier me confirme les soupçons sur le jeune homme. Sa proximité avec les dirigeants nazis a-t-elle conduit à un autre type de rapprochement ? Les officiers qui venaient se désaltérer à la brasserie ont-ils repéré ce garçon dégourdi et lui ont-ils promis monts et merveilles pour qu'il les renseigne ? Est-ce lui qui, de sa propre initiative, a franchi le Rubicon en leur proposant ses services contre de l'argent ? C'est le flou total. D'ailleurs, comment savoir ?

La famille d'Adrien, peu fortunée, était d'origine italienne. Les Belrisi. Le grand-père, maçon dans le Piémont, avait construit de ses propres mains à la fin du XIXe siècle une belle maison sur les hauteurs du lac Majeur. Sur les trois enfants, un fils était parti à Rome, où il avait embrassé le régime mussolinien, la fille était restée dans le bourg, pour aider ses parents. Quant au petit dernier, le père d'Adrien, il avait tenté sa chance en France.

Emporté par la vague d'immigration qui avait suivi la crise agricole de la fin du siècle en Italie, ce solide gaillard avait débarqué en Auvergne en 1913. Maçon lui aussi, il érigeait des murs et consolidait des granges dans le sud du Massif. C'est là qu'un jour, du côté de Salers, il avait rencontré une Corrézienne en voyage chez des amis. Elle l'avait ramené chez elle, à Brive, où le couple s'était installé dans le quartier Champanatier. Adrien y était né dans les années vingt, suivi d'une sœur huit ans plus tard. À quelques enjambées de la distillerie tenue par les parents d'Angèle. Il n'est donc pas impossible que les deux se soient croisés. Peut-être même ont-ils fréquenté la même école.

« On pensse qu'après le massacre de Ssaint-Martel Belrissi ss'est réfugié chez ssa tante encore vivante, en Italie. Vous devriez y faire un ssaut ! »

Mme Galmier nous ouvre une nouvelle piste.

« Charles, nous devons parler.
— Pour dire quoi ?
— Qu'il faut toujours garder espoir.

– Inutile, tout est fini. Roger m'a raconté des salades. Je ne saurai jamais qui est mon véritable père.

– Écoutez, depuis que nous sommes rentrés du Périgord, vous tournez en rond le matin, vous disparaissez l'après-midi, vous ne dites plus un mot le soir. J'espère au moins que vous n'avez pas replongé.

– C'est pourtant ce que j'aurais de mieux à faire. Non ?

– Peut-être pas. Voilà : vous me payez pour mener ces recherches. Je ne sais pas si elles aboutiront, mais je ne renonce pas. En deux jours, j'ai passé plusieurs coups de fil, et j'ai continué à fouiller sur Internet. »

Sans broncher, Charles m'écoute. Nous sommes assis face à face dans les fauteuils de cuir usé qui occupent un côté du salon. Je lui ai servi un verre d'eau pétillante, il y trempe à peine les lèvres. Pour moi, un citron pressé, que j'ai bu d'une traite. Son comportement m'agace (ou me déstabilise : à quoi dois-je servir à présent ?). Pour continuer, j'ai besoin de sentir que lui en a envie. Mais il demeure apathique, prostré. Regard vide. Bras ballants. Esprit ailleurs. Je dois le secouer un peu.

« Putain ! Mais vous pensiez quoi ? Qu'on allait retrouver votre père, comme ça, en claquant des doigts ? Je suis pas Majax, moi ! Ni l'agence Duluc…

– Je suis désolé, Matt, j'ai…

– Ne soyez pas désolé ! Cessez plutôt d'avoir perdu d'avance. OK ?

– J'ai eu tort de croire que c'était possible. Je vous ai fait perdre votre temps. Le mien n'a plus d'importance, mais le vôtre est encore précieux. Je vous paierai, ne vous inquiétez pas.

- Vous m'avez déjà filé trois mois d'avance, c'est bon.

– Je vous en donnerai trois de pl…

– Je me fous de votre fric ! » J'ai haussé le ton en le repoussant dans son fauteuil. Je me lance dans des allers-retours nerveux sous son nez. « Là, en ce moment, ce qui m'intéresse, c'est de savoir ce que vous voulez faire. Abandonner au premier obstacle ou aller jusqu'au bout quoi qu'il arrive ?

– Mais nous sommes au bout, Matt !

– Quand j'ai couru mon marathon, il y a trois semaines, j'ai flanché au dix-huitième kilomètre. Mes jambes pesaient des tonnes. J'ai cru que c'était la fin. Il m'a fallu cinq bonnes minutes pour relancer mon mental. Le corps a suivi. Au vingt-cinquième, nouveau coup dur, une fringale. J'ai dû m'arrêter cinq autres minutes au ravitaillement pour m'enfiler quelques barres vitaminées. Mais je savais que l'arrivée était encore loin. Je suis reparti. Au trente-sixième, une crampe dans le mollet gauche. Encore cinq minutes pour masser et boire un litre de flotte. Il restait six kilomètres avant le but ultime. J'ai serré les dents. Les huit cents derniers mètres ont été un enfer. Souffle court, trapèzes durs comme du bois, guiboles en feu. J'ai achevé en trottinant. Mais merde, je l'ai accrochée, cette ligne ! »

Charles esquisse un sourire. Une sorte de félicitation *a posteriori* pour ma performance. J'ai bien vu qu'à chaque étape de mon récit ses yeux s'animaient un peu plus. Je sens qu'il mord.

« Et nous, là, on en est à peine au cinquième kilomètre dans notre course.

– Un peu plus, non ?…

– Cinq ou dix, peu importe. Ce qui compte, c'est de découvrir votre père. Là est l'unique ligne d'arrivée.

– Sauf qu'on est quand même bloqués… »

Je suspends ma réponse, prends le temps de me rasseoir tranquillement en face de lui, avant de lui expliquer.

« Pas sûr. Votre mère semblait assez proche du garde du corps de Pierre Estandieux, Adrien. J'ai appelé l'école d'Angèle, il se trouve qu'elle a accueilli également le petit Adrien Belrisi – c'est son nom. La directrice a même relevé dans les archives quelques notes de maîtres de l'époque qui soulignent la proximité entre les deux. D'après ce que j'ai pu trouver, ils ont été séparés au collège. Lorsque Angèle a commencé à fréquenter les réseaux clandestins, à l'automne 43, je suis convaincu que c'est avec son compagnon d'enfance et d'adolescence, cet Adrien.

– Et vous pensez que… tous les deux… ?

– Je ne sais pas, Charles. En temps de guerre, les amours peuvent se faire et se défaire très vite. Je dois vous avouer que tout cela m'intrigue.

– Il vit encore, votre Adrien ?

– Je l'ignore. La maison familiale, à Trarego, en Italie, est toujours occupée par les Belrisi, à en croire le site web d'une association communale. J'ai fait appeler là-bas par Maika, elle a appris un peu d'italien à l'école. C'est une dénommée Antonietta Belrisi qui dirige cette association de peinture. Maika a même réussi à savoir que ce n'est pas la sœur d'Adrien, elle est trop jeune, mais sa fille.

– Que proposez-vous ?

– Un week-end sur les bords du lac Majeur. J'ai cherché des photos, ça a l'air super beau ! » J'ai lancé la proposition en riant. Et je demande que Maika nous accompagne. « Elle pourrait parfaire son italien d'école, et ça lui ferait plaisir… À moi aussi. »

Le visage de Charles s'éclaire.

« Banco ! » Il s'emballe. « J'ai déjà parcouru cette

région des lacs du Piémont. Ils en imposent par leur puissante majesté et vous irradient par leur douce beauté... Pardonnez-moi, Matt, je deviens lyrique. » Il sourit. « C'est vraiment magnifique. Nous irons dormir dans un petit hôtel sur l'une des trois îles Borromées. J'y ai séjourné. Un lieu coupé du monde, entouré d'eau. On se croirait en Provence, comme un village de l'arrièr...

– Il y a juste un souci, Charles. »

Je tempère son enthousiasme en l'interrompant ; il fronce les sourcils.

« Ah... Lequel ?

– Il ne vous a pas échappé qu'Adrien Belrisi est soupçonné d'avoir dénoncé ses camarades maquisards.

– ...

– Êtes-vous prêt à accepter un père collabo ? À recevoir cette vérité ? »

TROISIÈME PARTIE

LA VÉRITÉ

Récit de Maika

Chapitre dix-huit

LAC MAJEUR, 2013. VENDREDI 2 AOÛT. La ligne d'horizon a disparu. C'est dingue ! Le bleu du ciel se mélange avec celui de l'eau. Une sorte de brume au loin efface la rupture. Depuis Stresa, sur la rive, les tuiles rouges jaillissent du lac, et le jardin en escalier qui lance en hauteur ses pointes de pierre semble se mesurer aux montagnes en arrière-plan. Je n'ai jamais rien vu d'aussi beau.

Même Saint-Sébastien, l'unique ville étrangère que je connaisse, ne m'a pas autant impressionnée. Bien sûr, j'étais encore jeune cet été-là, lorsque j'ai franchi la Bidassoa avec mes grands-parents basques. Mais les seuls souvenirs que je conserve sont ceux de rues alignées avec des vieilles bâtisses, de gens pressés qui marchaient en parlant fort une langue que je ne comprenais pas, d'un vent terrible qui soulevait sans cesse le chapeau de mon *amatxi*[1] (c'était drôle et ça l'énervait), et de la soif qui ne m'a pas quittée jusqu'à notre retour le soir à la maison. Il faut dire que je passais le plus clair de mes vacances à me dorer la pilule au soleil sur les longues plages d'Anglet en compagnie de la plus jeune fille des voisins, qui avait mon âge.

1. « Grand-mère », en basque.

Ici, rien à voir. Le ciel est limpide. La chaleur très douce n'écrase pas, elle vous donne au contraire l'impression d'être dans un cocon moelleux. Le lac est apaisé, un vrai miroir sur lequel les bateaux glissent vers les îles en toute tranquillité. C'est comme si on était posé dans une bulle de temps à part.

Déjà, dès le départ, le simple nom de « Borromée » m'avait fait rêver.

Charles nous a raconté durant le voyage l'histoire de cette famille milanaise dont le patronyme dériverait de *buon Romei* (« bon Romain ») qui désignait au Moyen Âge les gens arrivant de la capitale italienne. « Vous allez voir, mes enfants, une merveille ! Entouré des plus hauts sommets des Alpes, on dirait un échantillon de Méditerranée déposé là comme par miracle. » Il nous a expliqué comment le dénommé Vitaliano Borromée – en tant que trésorier de la puissante famille Visconti – reçut un fief énorme dans cette région. Pourquoi il s'allia avec les Médicis. Et comment plusieurs de ses descendants furent cardinaux. Il nous a décrit le palais d'Isola Bella (l'une des îles), où les derniers rayons du soleil éclairent en soirée l'intérieur de la rotonde, où les caves ont les murs et le sol couverts de galets qui leur donnent des airs de grottes sous-marines, et où chaque parterre du jardin en terrasses présente ses propres couleurs et diffuse de puissantes senteurs. « Vous y serez accueillis par des paons blancs, qui ont élu domicile là, et je suis sûr que vous serez intrigués par les obélisques surmontés de feuilles de bronze. Et ce théâtre à la licorne cabrée, avec ses petites statues d'angelots au visage poupon... Une véritable folie baroque ! »

Oui, il a raison. La « folie baroque » nous fait face, là,

à portée de regard. Il me tarde d'y accéder, de rencontrer les paons (je n'ai jamais vu de près ces drôles d'animaux qui déploient leur queue comme un éventail – peut-on les caresser ?), et de me promener main dans la main avec Matt le long des allées. Mais pourquoi le vieux a-t-il fait allusion à un autre Charles en parlant de « jardin extraordinaire » (il a appuyé sur l'expression) ?

« Bon, nous irons visiter tout cela demain ! Car pour l'instant, mes enfants, cette Mme Belrisi nous attend. Elle a peut-être des choses à nous apprendre. »

À ces derniers mots, un tremblement à peine perceptible s'empare de sa voix. Comme pour marquer à la fois l'impatience d'un gosse et l'émotion d'un jeune amoureux. Il est marrant, Charles. Bien plus que je ne l'imaginais d'après le peu que je l'avais vu et ce que Matt m'en avait dit. D'abord il est très aimable. Pas acariâtre du tout. Tout au long du trajet il nous a raconté des anecdotes sur chaque endroit traversé.

Il sait tout sur tout : Auxerre qui n'a pas voulu de la ligne ferroviaire vers Lyon, Beaune et ses hospices aux toits tout en couleurs (comment il a dit ? des « tuiles en vernis » ?), Besançon et la citadelle construite par Vauban (jamais entendu parler de celui-là), Pontarlier non loin où Charles avoue s'être initié à l'absinthe (un alcool vert à terrasser un taureau, paraît-il), qu'on boit avec un sucre posé sur une cuiller percée qui laisse passer l'eau au goutte-à-goutte (bizarre, ce truc), et il a ajouté qu'à l'époque c'était interdit.

Nous avons fait étape à Montbéliard. Seul le Quick, à l'entrée des usines Peugeot, restait ouvert (sérieux, c'est quand même moins bon qu'au McDo). Ce genre de patelin est mortel le soir. Quel enfer de vivre là-dedans, non ?

Sur le chemin vers l'hôtel, en rentrant, on a croisé une bagnole (pas deux : une !) avec un type à la mine renfrognée au volant. J'ai trouvé ça sinistre. Par bonheur, ce matin, quand nous avons traversé la Suisse en longeant des lacs et en coupant à travers les Alpes, les paysages grandioses m'ont redonné du baume au cœur. J'en ai pris plein les yeux.

Avec moi, Charles est charmant. Matt m'avait annoncé « quelqu'un de pas très bavard, tu verras », eh bien pas du tout ! Dans la voiture, il n'a pas arrêté de me poser des questions, sur ma famille, mon job, mes loisirs, mon appartement en colocation, mes copines de boulot (là j'ai séché parce que je n'en ai pas), mes lectures (heu... comment dire ?... moi, je suis plutôt cinoche), ou encore ma manière de m'habiller. Oui, parce que, il faut bien l'avouer, j'affiche une certaine excentricité dans mes tenues : je mélange facilement les couleurs et les tissus, j'aime la fraîcheur, le tonus, l'originalité (en réalité, je cherche surtout à cacher mes rondeurs).

Lui, par contre, pour les vêtements, y a du taf ! Depuis hier il porte un velours épais et une chemise beige élimée sous un vieux pull gris qui bâille à force d'avoir été mis. Quant aux chaussures... Ses pieds trimballent des godillots qui ne ressemblent à rien, un truc mi-saison dans les tons marron passe-partout ; des godasses usées et sales, genre écrase-merde. Avec le fric qu'il a, il pourrait se saper comme un prince, même à soixante-dix piges. D'ailleurs, il n'y a pas d'âge pour être chic. En plein été, une jolie chemisette de flanelle blanche avec un pantalon de toile et des sandalettes de marque, et hop ! le tour est joué. Je pourrais le transformer vite fait, moi...

Enfin, je ne peux rien lui reprocher. Si Matt et moi sommes ensemble, c'est grâce à lui. Un vrai conte de fées.

Pourtant, le jour où Charles a débarqué au resto, au début du printemps, il m'a donné l'impression d'un dingue. Après son coup de fil zarbi, la veille, je vois ce vieux débouler sur mon lieu de travail. Il se met à me demander des tuyaux sur un mec lourdingue qui m'avait entreprise quelques jours auparavant le long du canal (puis qui m'avait laissée tomber comme une vieille chaussette). Me promet, sans que je demande rien du tout, de lui donner mon numéro s'il le retrouve. Et disparaît comme il avait surgi. Plus rien pendant trois semaines !

Jusqu'à l'appel de Matt, la bouche pleine d'excuses. Trop mignon...

Comment aurais-je pu résister ? Un beau gosse comme lui, c'est une chance unique dans une vie. Surtout la mienne ! Bien sûr, je lui ai répondu... Bon, d'accord, j'ai fait un peu l'étonnée (« Dis donc ! Un mois pour faire signe... T'as pas l'air très emballé »), histoire de le laisser s'empêtrer dans ses explications (« Désolé, j'avais perdu le papier avec ton numéro, qu'on vient de me redonner, mais si tu veux je te raconte tout ça dans le détail autour d'un pot »), avant d'accepter son rendez-vous. Et je ne regrette pas.

Matt est beau. Matt est intelligent. Matt est gentil. Matt fait l'amour comme un dieu.

De loin, ses petits yeux pointus nous dévisagent l'un après l'autre, tandis que nous longeons le muret, en dessous de sa maison. Elle a les cheveux tirés en arrière, fixés par une longue aiguille dans un chignon parfait. En tenue de jardinage, elle taille avec soin une haie d'arbustes. La femme nous suit du regard jusqu'au porche d'entrée où trône un petit violoniste sculpté dans la pierre du pays.

La Villa Ben Pensata est l'avant-dernière du village, à l'orée de la forêt, là où les lacets s'enfoncent vers le sommet. Il nous a déjà fallu grimper une route avec des virages en épingle pour atteindre Trarego, nid d'aigle sur les hauteurs du lac. Je voyais Charles blêmir dès que la Jaguar frôlait soit la roche, soit le vide, pour encaisser les tournants. Et ici les ruelles sont tellement rétrécies qu'il a préféré abandonner la voiture sur un parking à l'entrée et finir à pied.

Comme Antonietta nous l'expliquera, la maison a été pensée et bâtie par son arrière-grand-père. D'où son nom, la « Villa Bien Pensée ». Car l'homme était un visionnaire pour son époque. Afin de garantir sa tranquillité, il avait choisi un emplacement à l'extrémité du village, du côté le moins fréquenté. Il avait réparti les chambres au premier, les salles de vie au rez-de-chaussée, et placé la salle de bains entre les deux, à mi-hauteur sur un palier d'escalier. Surtout, ce maçon ingénieux avait amené l'eau courante.

La façade offre une vue imprenable sur la vallée, mais elle n'est pas plein sud, pour que la canicule d'été ne s'engouffre pas par les fenêtres. Et l'hiver, l'épaisseur des murs conserve à l'intérieur la chaleur de la grande cheminée qui dessert, par un système d'ouvertures, les deux niveaux d'habitation. Enfin, le terrain maraîcher se situe de l'autre côté de la rue, en contrebas.

Nous n'avons pas besoin d'agiter la clochette, la femme est venue à notre rencontre. La soixantaine. Les traits fins, et des rides souples qui naissent autour des yeux. Elle doit se tartiner de crème pour en avoir si peu.

202

Dans mon italien hésitant, j'explique que nous cherchons Antonietta Belrisi (« C'est bien ici ») pour lui parler de son père, Adrien (« Mais pourquoi ? »), parce que mon ami Charles le cherche depuis longtemps (« Il fait chaud, entrez donc ») pour des histoires de jeunesse.

Elle nous invite à pousser la lourde grille de fer entre les hauts piliers. Nous la suivons dans un passage étroit en zigzag, moitié escalier, moitié allée gazonnée, qui mène au jardin supérieur. Au passage d'un angle, une petite construction en demi-cercle offre la possibilité d'une halte (la pente est raide), mais il manque une chaise. À moins qu'elle n'ait servi, au siècle dernier, de vigie pour surveiller qui approchait, qui sonnait, ou qui volait les fruits dans le potager en face !

Je note l'élégance naturelle de cette femme, même de dos. Avec allure, le buste fier, elle marche droit, sans hésitation, jusqu'au chemin de pierres plates qui conduit, dans le jardin auquel nous accédons, vers la porte de la maison. Mais nous n'entrons pas. Antonietta nous invite à prendre place autour d'une table en teck sur laquelle elle dépose une carafe d'eau fraîche et des grands verres.

La vue sur le Majeur est époustouflante.

Comme Charles lui en fait la remarque, la propriétaire des lieux nous sourit et, tout en nous servant, elle nous explique que la maison a été construite justement là afin de bénéficier d'un panorama exceptionnel. Et elle raconte brièvement l'histoire de cette Villa Ben Pensata. Je traduis comme je peux.

Puis elle s'assied et se tourne à nouveau vers moi.

« *Allora ! Che cosa volete*[1] ? » D'un geste sec, elle retire

---

1. « Alors ! Que voulez-vous ? »

203

une cigarette du paquet largement entamé posé près d'un cendrier sur le muret près d'elle, et l'allume nerveusement. « Si vous préférez, je parle français. Mon père me l'a appris. »

Ouf ! Personnellement, oui, ça m'arrange ! Mon italien est très basique, et s'il a été utile jusque-là pour demander notre chemin et lire les panneaux indicateurs, je me voyais mal servir d'interprète officielle (notre début de conversation me l'a confirmé), et encore moins en simultané ! Je suis rassurée.

Charles entame le récit de sa quête intime. Il reprend tout depuis le début. L'agression des Tuileries. Sa prise de conscience de la lâcheté humaine, et de sa propre faiblesse. L'impression d'être passé à côté de sa vie. L'interrogation sur son véritable père, celui qui aurait pu (ou dû) lui servir d'exemple. Il insiste sur cette absence, lourde à porter, même à près de soixante-dix ans. La proposition faite à Matt, le seul qui l'a secouru, de l'aider à retrouver la trace de son géniteur. Leur enquête en Corrèze et en Périgord. Les premières pistes, les doutes, les espoirs, les déceptions. Et le gouffre où Charles a sombré en découvrant que l'homme qu'il prenait pour un héros, ce maquisard censé être son père, avait peu de chances d'avoir eu un fils : il n'aimait pas les femmes.

« Je comprends », murmure Antonietta entre ses lèvres menues, avant de les pincer et de cligner des paupières en poursuivant dans un soupir : « Mais c'est bien loin, tout ça... Bien loin... Il n'est pas très bon de remuer les vieilles histoires. On ne sait jamais quel avenir vous réserve le passé. » Elle fixe longuement les montagnes au loin et ajoute : « Et moi, que pourrais-je vous apprendre de plus ?

– Voilà. Nous voudrions considérer une hypothèse,

204

que nous tenons pour très probable. Votre père, Adrien, aurait pu avoir eu une liaison durant la Résistance avec ma propre mère, Angèle », souffle Charles tout en douceur avec un regard le plus enveloppant possible.

L'Italienne ne dit rien. Immobile et tendue sur sa chaise en bois, elle laisse au contraire peser un long silence. Très long. Qui me semble davantage qu'une éternité. Face à elle, le vieil homme se tortille, il n'ose plus prononcer un mot. Je baisse le front, me tasse sur mon siège, et voudrais m'enfoncer sous terre pour disparaître. À cette minute précise, qu'est-ce qui peut bien valser dans la tête de ces deux-là ?

Matt, sans doute aussi gêné que moi, brise enfin cet instant suspendu, et multiplie les précautions oratoires : « En fait... toutefois ce n'est qu'une option... et c'est pourquoi nous sommes ici : pour savoir comment on pourrait peut-être vérifier... il n'est pas impossible que mon ami soit... mais rien n'est sûr... évidemment... qu'il soit votre... enfin... votre... demi-frère. »

Se retournant vers lui, Antonietta éclate : « Merci, jeune homme ! Je ne suis pas idiote ! J'avais compris ! Pour qui me prenez-vous ?

– Pardon, je ne voulais pas vous bles...

– *Ma stai zitto*[1] ! Je porte encore le deuil de papa. » Elle s'énerve. « Il est mort le mois dernier – paix à son âme. Je suis en train de mettre de l'ordre dans ses papiers et ses affaires, et depuis hier je défriche le jardin... Oui, peut-être vais-je m'installer ici... Enfin, c'est un peu tôt sans doute, je verrai... Il n'aura pas réussi à voir son quatre-vingt-dixième automne – il préférait utiliser ce

1. « Tais-toi donc ! »

205

mot-là, plutôt que "printemps". » Elle se calme. « C'était sa saison préférée, l'automne, avec ses couleurs rouille et son ciel bas. Il aimait tant les automnes et les hivers. C'est là qu'il déprimait le plus. Il aimait aussi déprimer. Car il la trouvait longue, cette vie ! Des hauts et des bas : je l'ai toujours connu comme ça, depuis mon enfance. Sombre et taciturne. Parfois il grimpait la route vers les bois et disparaissait plusieurs jours. Maman et moi étions folles d'inquiétude.

– Comment survivait-il durant ce temps-là ?

– Nous ne l'avons jamais su. Il ne disait rien. Les carabiniers ne le trouvaient pas, parce que c'est une véritable jungle là-haut.

– C'est dangereux ? »

Ma question est sans doute naïve.

« Et comment, mademoiselle ! Les forêts sont si denses que deux touristes perdus y sont morts de faim il y a une quinzaine d'années, l'affaire a fait grand bruit à l'époque. Papa, lui, après ses escapades, rentrait amaigri et ne prononçait pas une parole durant une semaine entière. Nous ne comprenions pas… Tout s'est éclairé pour moi quand il s'est confessé, juste avant l'été, il y a trois mois. Il devait sentir venir la fin.

– "Confessé" ? Comment cela ?

– Un soir, il m'a fait venir, et asseoir ici, là où nous sommes, à cette table, face au lac et aux montagnes : "Tu vois, ma fille, ma petite fille chérie, bientôt je ne pourrai plus admirer ce paysage grandiose. Je sens que je ne vais pas tarder à rejoindre ta mère, là-haut. C'est toi qui hériteras de la maison. Auparavant, il faut que je te confie un secret. Je n'en ai jamais parlé à personne, mais cette histoire me hante depuis que je suis venu vivre ici.

Je dois m'en libérer avant de partir." Et il a commencé à me parler de sa jeunesse.

– Avait-il souffert de cette période ? questionne Matt de façon un peu ingénue.

– Vous plaisantez, mon garçon ? s'agace Antonietta. Vous me demandez s'il a souffert ? Mais vous n'imaginez pas combien il a été blessé ! Si ses épaules restaient voûtées, c'est qu'elles trahissaient le poids qui lui pesait. J'en ai pris conscience à ce moment-là. Quand il m'a raconté ses mois de résistance à Brive. Les souvenirs remontaient par vagues. Ce soir-là, j'ai appris son combat dans les maquis, les risques encourus, et le drame du Puy-du-Chien.

– Vous n'étiez pas au courant de cette partie de sa vie ?

– Non, il l'avait toujours tue. Je savais seulement que son père à lui avait émigré en France avant la guerre, à cause de la crise, et que papa était né là-bas. Maman et moi étions persuadées qu'il était tombé amoureux du Piémont par la suite, en rendant visite à ses grands-parents, et qu'il avait voulu s'y installer.

– Que vous a-t-il dit exactement ?

– Cette histoire l'avait rendu triste, et amer. Je peux témoigner que le temps n'a pas effacé sa douleur. Sa blessure la plus profonde ? Avoir été traité comme un salopard. Il ne s'en est jamais remis. » Sa voix durcit. « Lui, collabo ? Celui qui aurait tout balancé aux nazis ? Il en pleurait de rage. Certes, il assurait le service dans un bar fréquenté par des Allemands. » Son rythme s'accélère. « Mais c'était pour gagner un peu d'argent, aider ses parents et sa petite sœur à s'en sortir. Peut-on jeter l'opprobre sur tous les gens qui travaillaient à ce moment-là – donc forcément un peu avec l'ennemi puisque c'était l'Occupation – pour la simple raison qu'ils exerçaient un métier ?

– Allons, madame, ne vous énervez pas, intervient Matt.

Il avait raison. Vous savez, dans un documentaire que j'ai visionné, une femme tondue à la Libération racontait quarante ans plus tard que si, à l'époque, elle n'avait pas accepté une petite passe de temps en temps elle n'aurait pas pu nourrir ses deux enfants en bas âge. Son mari au STO, elle sans travail, seule pour élever ses gosses… Entre la peste et le choléra, comment choisir ? Coucher avec un Allemand ? Ou crever de faim ? Sauf qu'elle n'a pas échappé aux représailles. Remarquez, c'était tellement plus simple de n'avoir que deux catégories : les bons et les héros d'un côté, les salauds et les traîtres de l'autre…

– Oui. C'est terrible, enchaîne Antonietta. On a accusé tant de gens à tort et à travers. Ici aussi, en Italie. Un conflit n'est jamais beau. Les mois qui suivent non plus.

– Et votre père ?

– Ah oui… Papa n'a jamais su qui l'avait dénoncé. Il a même soupçonné les Allemands d'avoir fait courir eux-mêmes le bruit de sa trahison afin de protéger le vrai félon. Sa sœur vit encore en Corrèze, je crois, vous devriez allez lui demander ce qu'elle en pense. En tout cas, lui aussi a dû choisir entre peste et choléra : mourir ou fuir. Il est venu se réfugier ici, chez ses grands-parents qui se retrouvaient seuls depuis que leur fille, donc sa tante, avait épousé un restaurateur milanais. Et voilà… À leur mort, il a trouvé une femme pour entretenir la maison. Ils ont vécu heureux, m'ont eue vers la trentaine. Maman est partie la première, il y a six ans. Moi je vis un peu plus bas à l'entrée du village. Et lui m'aura quittée sans connaître la clef de son destin. »

Antonietta marque une pause et tourne la tête vers la montagne, qu'elle désigne d'un coup de menton.

« Est-ce pour cela qu'il montait souvent se recueillir devant la stèle ?

– Quelle stèle ? Un monument ? s'enquiert Matt.

– Oh, à peine une pierre gravée. C'est à cinq cents mètres d'ici. Si vous voulez, un petit chemin vous y conduira, à gauche sur la route après le deuxième virage. Vous verrez que les Français n'ont pas eu l'exclusivité des héros.

– Pourquoi ? De quoi s'agit-il ?

– Neuf hommes, jeunes, sont tombés ici sous les balles de l'armée, le 25 février 1945, à trois mois de la Libération. Liquidés par des soldats italiens. *Mamma mia !* Quelle honte ! Deux civils venus à la rencontre de sept maquisards qui rentraient de Suisse. Ils ont été pris au piège comme des rats, au bord du ruisseau. » Elle tremble. « Je pense que papa allait prier, là-haut. Pour ces garçons. Pour ceux du Puy-du-Chien. Sans doute pour lui-même. Peut-être pour l'homme en général, qui n'est qu'un loup pour l'homme. »

Depuis le début de la discussion, Antonietta grille cigarette sur cigarette. Les larmes au bord des yeux, elle laisse couler les mots comme une lave incandescente. Je la sens déborder d'amour pour son père. De haine face à la guerre. Et soudain de colère contre nous.

« Et vous, vous sonnez à ma porte, comme ça, sans prévenir ! Avec vos gros sabots. Vous venez piétiner la mémoire de papa, vous interroger. Si ça se trouve, même, inventer sa vie de l'époque ! » Elle crie à présent. « Que savez-vous de lui pour vous le permettre ? De quel droit vous introduisez-vous dans son existence ? Et dans la mienne ? J'ai assez souffert comme cela. Ne rien comprendre à son comportement durant toutes ces années, et tout recevoir en pleine figure, d'un seul coup, quelques semaines avant sa mort. C'est déjà insupportable ! Je ne veux pas, en plus, d'un demi-frère ! Mon lot de misères me suffit. Celui de papa aussi. Ne venez pas le salir. Allez-vous-en ! » Elle s'effondre, en larmes. « Je vous en prie. Partez, maintenant. »

Charles pleure en silence.

Matt me fait un signe, se lève, et invite le vieil homme à nous suivre. Le cœur lourd, nous prenons congé.

Devant nous le jour tombe sur le lac. Les derniers reflets du soleil couchant coulent jusqu'à Pallanza et Verbania, tandis que de l'autre côté les premières lumières s'allument à Baveno. Il est tard. Nous finissons de dîner sur une terrasse plantée de bambous et de bananiers, eux-mêmes cernés par les camélias, les azalées et les rhododendrons. La douceur qui règne contraste avec le liseré blanc des Alpes valaisannes à l'horizon.

Nous logeons juste à côté du restaurant, dans l'un des rares hôtels de l'île des Pêcheurs. Il suffit de remonter l'unique ruelle du village. Après le départ du dernier bateau emportant vers Stresa la masse des touristes, ne restent que les privilégiés qui dorment sur place. L'ambiance est alors tout autre. Charles avait dit vrai, on se croirait en Provence.

« Voyez là-bas, la silhouette de la troisième des îles Borromées. Le paradis terrestre, selon Flaubert, qui en a décrit le jardin botanique en ces termes : "Arbres à feuilles d'or que le soleil dorait." Mais ce soir, mes enfants, je crains que nous n'ayons pas le cœur à la poésie.

– Allons, Charles, il faut comprendre cette femme. Vous venez lui présenter une vérité dont vous n'êtes pas certain vous-même.

– Vous avez raison, Maika. Au moins, me ressemble-t-elle ?

– Elle adorait son père, malgré ses dépressions et ses absences. » J'élude la question. « Elle n'a jamais bien compris cet homme, qu'elle trouvait lointain et étrange. Or, voilà qu'à l'heure de mourir, il lui ouvre son intimité et ses douleurs intérieures, pour lui apprendre à la fois qu'il a été résistant et accusé de collaboration. Ce ne doit pas être facile pour elle...

– Et pour moi, croyez-vous que ce le soit ? » Le visage du vieil homme s'assombrit. « Mourir sans savoir, c'est terrible, le pire, sûrement. Comment partir l'esprit en paix ? » Il marque un temps avant de préciser le fond de sa pensée : « Ce sera aussi mon sort. »

Matt n'a pas ouvert la bouche depuis le début du repas. J'ai été très étonnée de l'entendre, chez Antonietta, utiliser l'expression « mon ami » pour désigner son patron. Malgré la différence d'âge, je crois qu'il s'est vraiment pris d'affection pour lui. Le ton qu'il emploie à présent pour s'adresser à lui m'en donne la certitude.

« Charles, je ne voulais pas vous en parler parce qu'il faudra attendre les résultats pour en être sûrs, mais...

– Quoi ?

– Je vous vois tellement dépité...

– Qu'allez-vous encore me dégoter, mon garçon ?

– Voilà : vous souvenez-vous comment nous étions installés, tout à l'heure à la villa ?

– Heu… oui. Voyons… Tous les quatre assis, dans le jardin, à proximité du mur de soutènement.

– Exact. Mais selon quelle disposition ?

– Comment cela ?

– Et toi, Maika ?

– Attends… Antonietta était à ma droite, Charles à ma gauche… toi tu me faisais face. Mais où veux-tu en venir ?

– Tu as raison, Charles et toi étiez côté maison, face à la vue, et Antonietta et moi dos au muret.

– Très bien. Mais en quoi cela nous avance-t-il ?

– Le cendrier !

– …

– Le cendrier était posé juste entre elle et moi…

– Et alors ?

– Eh bien, discrètement, à son insu, j'ai dérobé deux mégots.

– Matt ! Pouvez-vous nous expliquer clairement, à la fin !

– C'est simple, Charles ! Nous allons envoyer ces éléments à un laboratoire, avec un peu de votre propre ADN. Et dans une dizaine de jours nous saurons si Adrien est bien votre père… »

Brive, le 22 novembre 1943

Chéri,

Je meurs à petit feu de ne pas savoir.

Parfois en pleine nuit, entre deux sommeils agités, j'ouvre les yeux dans le noir et j'ai peur.

Des fantômes casqués et en uniforme surgissent au-dessus de mon lit. Ils m'entourent dans une sarabande douloureuse, puis un fracas de lumière et de feu me fait bondir hors des draps.

Ou bien ce sont des hordes de résistants en haillons, les ongles arrachés, qui marchent sur moi. Un liquide noir s'échappe de leurs bouches. Au fur et à mesure de leur progression, leurs bras et leurs jambes raccourcissent pour fondre complètement. Des troncs ensanglantés finissent alors par danser une farandole autour de moi.

C'est affreux. Tous ces cauchemars m'inondent, nuit après nuit.

Je ne dors plus. Je deviens zombie.

Mes traits sont tirés, mon dos se plie, mes joues creuses vieillissent mon visage. J'ai dû prendre dix ans en quelques jours.

Je n'ai plus goût à rien : ni manger, ni parler, ni travailler.

Mon désespoir se lit à distance.

Papa s'inquiète de me voir errer des journées entières entre les chais et l'alambic.

Je traîne mon malheur.

Je n'arrive pas à connaître ton sort.

Le soir même du massacre, nous avons tous été sous le choc. En ville, la nouvelle s'est propagée comme une traînée de poudre.

Ce fut la stupeur. Une telle rage meurtrière à quelques kilomètres à peine ! Beaucoup de citadins ont pris conscience que c'est du sérieux, tous ces gamins qui vont se planquer dans les bois.

Ils peuvent risquer leur vie. La guerre n'est pas un jeu, elle tue. La situation est grave.

Tout au long du dimanche (le lendemain du drame) des groupes se sont formés dans la rue, et les cafés ne désemplissaient pas.

Même les Allemands, sur les nerfs, quadrillaient le centre.

Leurs voitures roulaient à tombeau ouvert entre la Kommandantur, la garnison et la sous-préfecture.

Le mardi, le marché d'à côté, sur la place Thiers, était sinistre. Les paysans ont remballé leurs étals plus tôt que d'habitude.

L'ambiance est lourde.

Tu sais, tout le monde connaît un voisin qui est l'ami ou le cousin de quelqu'un ayant lui-même un lien de parenté ou une relation avec la famille de l'un des malheureux.

Les maquisards ont été enterrés très vite, mais des rumeurs ont couru dans tous les sens.

L'opération aurait été d'une violence inouïe.

Certains ont parlé de plusieurs dizaines de morts. Des morts des deux côtés.

Comment savoir ?

Plus aucun messager n'est venu à la boutique depuis l'attaque. C'est incompréhensible.

Je ne parviens pas à obtenir de tes nouvelles !

Je reste prisonnière de mes interrogations et de ma douleur.

Je n'ose plus bouger de la maison. Je me

raccroche à ce petit carnet à spirale où je t'écris. Il est mon espoir.

Où es-tu ? Pourquoi ne me donnes-tu aucun signe de vie ?

Ton ange en ailes, Angèle.

Chapitre dix-neuf

PARIS, 2013. MARDI 13 AOÛT. Chris est un garçon étonnant. Il a enfoui sa coupe rasta sous une casquette souple qu'il ne retire jamais. Une seule fois il l'a ôtée devant nous, ses dreadlocks sont alors tombés jusqu'au creux de ses reins. Il est très beau avec ses cheveux à l'air libre. Je ne comprends pas pourquoi il les masque tout le temps. Après tout, c'est un symbole de rébellion, il devrait en être fier.

« D'abord pour la propreté ! commente Matt quand je lui pose la question. Comme il ne les lave pas souvent – parce que ce n'est pas simple –, il préfère les protéger de la saleté et de la poussière. Pour le poids aussi. Je crois que si on laisse pendre la tignasse, ça tire la tête vers l'arrière.

– Sérieux ?

– Bien sûr ! Demande-lui… Ensuite, on vit dans une société où la différence est mal acceptée. Autant ne pas trop la montrer. C'est comme ma musique : elle fait peur à la majorité des gens bien-pensants. Ils se sentent menacés ! »

Pour Matt, d'ailleurs, reggae et punk sont les deux versants d'une même révolution : la noire et la blanche. Dans les deux cas, en Jamaïque ou aux États-Unis, les gosses ont voulu se débarrasser des classes dirigeantes.

Ils ont chanté le changement. Matt, qui passe son temps dans les bouquins d'histoire, est d'ailleurs persuadé que la culture rasta n'est pas née dans les Caraïbes. « C'est un truc biblique, a-t-il professé le jour où je lui ai parlé de la casquette de Chris. C'est d'ailleurs une des raisons pour lesquelles les Noirs rastas masquent leur chevelure : parce qu'elle appartient à leur intimité. Ils pensent former une des tribus perdues d'Israël et croient que leur Dieu vient d'Éthiopie. Quand le dernier empereur de ce pays, Hailé Selassié, est allé en Jamaïque en 70, il a reçu un accueil triomphal. Mais les rastas y sont minoritaires. Ils ont été placés dans des camps. C'est à partir de là que Bob Marley a réussi à faire entendre leur voix. »

J'aime trop Matt quand il me raconte ses histoires. Je ne sais pas s'il dit vrai ou non, peu importe. Une telle lumière se dégage de son visage lorsqu'il se lance dans ses explications… Il est à croquer. J'en ai des fourmillements dans le ventre, mes jambes mollissent, mon cœur s'emballe, ma poitrine se gonfle. Dans ces moments-là, je serais capable de tout : le plaquer sur la console du studio, l'embrasser goulûment, lui arracher sa chemise, lui ouvrir son jean et le chevaucher bestialement.

Mais bon, il y a Chris…

Chris est l'opérateur qui assure la prise de son pour la maquette, le techno, quoi. Tous les deux ont déjà discuté de tout ça ensemble, après les séances d'enregistrement (le rasta et le punk, pas mes fantasmes !). La maquette avance bien. Charles n'a pas lésiné sur les moyens. Il a payé un studio pro, au cœur de Paris, où viennent mixer quelques stars. Chris a pris le projet en main. Non seulement ses longs doigts maîtrisent les potars (j'ai appris que, dans le milieu musical, on appelle ainsi les variateurs sonores), en plus ses conseils sont précieux et ses idées souvent bonnes : il connaît bien les défauts des débutants.

Matt a choisi quatre titres, qu'il ira ensuite défendre auprès des Majors, avec Fred et Jam. Il ne se fait guère d'illusions, pourtant les deux autres y croient dur comme fer. Moi, je ne suis pas fana de punk. Trop de bruit, trop de nerf. Leurs mélodies sont sympas, mais noyées dans un magma sonore. Fred compose, et ils écrivent les textes à trois. Leurs chansons parlent de la cité où la vie est dure, de l'argent qui brouille les cartes et embrouille les gens, du pouvoir qui décide par la force et jamais par le dialogue. Je dois reconnaître qu'ils sont balèzes. Leur disque devrait avoir de la gueule ! (Mince alors ! Voilà que j'y crois moi aussi...)

« Demain, faudra reprendre le pont musical, sur la dernière. Je trouve, par rapport au refrain, que vous étiez moins dedans.

– Ah... OK ! J'avais pas trop remarqué. Heureusement que tu es là, Chris.

– Hey, mec ! C'est mon job. Y a pas de lézard.

– Qu'en dites-vous, les gars ? »

Fred et Jam se regardent, sans réagir. Visiblement, ils ne savent pas trop quoi en penser.

« Bon, allez, on reprendra demain. Je crois qu'on a assez bossé pour aujourd'hui. Merci, Chris. » Matt se tourne vers moi. « Et nous, on doit passer à l'appartement avant d'aller à l'hosto, hein, bébé ? J'espère qu'on aura reçu la réponse du Canada. »

C'est vrai, la lettre du laboratoire devait arriver déjà hier, elle sera sûrement là aujourd'hui. On va pouvoir aller porter la nouvelle à Charles, à l'hôpital...

Tout est allé très vite. À peine étions-nous rentrés d'Italie que notre bienfaiteur a eu un coup de pompe énorme. Encore plus que dans *Grosse Fatigue* !

Au début, nous avons mis ça sur le compte du voyage. C'est loin, le lac Majeur, en voiture, même en Jaguar super confort. Mais deux jours après le vieil homme n'avait toujours pas récupéré.

Du coup, on a cru que toute cette affaire le minait. Charles avait mis tant d'énergie, et surtout tant d'espoir, dans la quête de son père... Or voilà deux fois qu'il approchait du but, deux fois qu'il se prenait une douche froide. La première, je n'étais pas dans la voiture quand ils sont rentrés de Saint-Martel, mais Matt m'avait raconté le silence pesant tout au long du voyage. Dès qu'il essayait d'engager une conversation, son patron répliquait par un « Laissez-moi » bourru, avant de replonger dans son mutisme. La deuxième fois était à Trarego.

Au bout de quatre jours, il a fallu admettre que c'était plus sérieux qu'on le pensait et nous avons appelé le docteur du quartier. Un homme jovial à la moustache fleurie. Quand il est venu dans l'immense appartement du Luxembourg, il a diagnostiqué une jaunisse. Matt, qui assistait à la consultation dans la chambre, m'a rapporté la discussion entre le médecin et son patient.

« Avez-vous voyagé récemment ?

– Nous rentrons d'Italie, mais nous n'y sommes restés que deux jours. Un aller-retour pour une affaire à régler. Pourquoi ?

– La jaunisse, chez l'adulte, peut être provoquée par une hépatite. Dans certains pays, cela s'attrape comme un rien, un verre d'eau suffit. Donc, je demande toujours...

Mais c'est vrai que l'Italie... *a priori*... il n'y a pas de danger. Avez-vous déjà eu des calculs biliaires ?

— Pas à ma connaissance.

— Hum... je vois... Jamais de cancer, de tumeur ?

— J'ai même échappé à la prostate. Il paraît qu'à mon âge c'est un miracle !

— Plaignez-vous... Mais vous avez raison, les foyers de cellules cancéreuses existent chez les trois quarts des hommes de plus de soixante-dix ans. Cela dit, le risque d'un développement n'est que de dix pour cent au-delà de cinquante ans. Donc, il faudrait voir si vous...

— C'est bon, docteur !

— Je vous demande pardon ?

— Ça va ! Ne tournez pas autour du pot... Vous savez très bien ce qui m'arrive. D'ailleurs, je peux vous le dire moi-même, ça fait un bout de temps que je m'y attends. Il fallait bien que cela survienne un jour ou l'autre...

— Allons, mon ami, rien n'est jamais écrit à l'avance.

— Sans doute, mais j'ai quand même mis les plus mauvaises chances de mon côté.

— L'alcool, c'est bien cela ?

— Oui. Évidemment. J'ai été un bel ivrogne une grande partie de ma vie. J'ai bu davantage de litres de blanc que peuvent en produire les meilleurs chais de Chablis.

— Vous n'exagérez pas un peu, là ?

— Que voulez-vous ! C'est mon préféré ! J'en aurais englouti plusieurs jéroboams à la suite...

— Quel prétentieux vous faites ! Mais vous avez raison, un bon chablis est toujours un plaisir. À faible dose, bien sûr. Bon, allons droit au but...

— Mon foie est en train de me lâcher, n'est-ce pas ?

— Cher monsieur, je ne suis pas à l'intérieur pour le

savoir. Mais je crains en effet qu'un début de cirrhose ne soit à l'origine de cette vilaine jaunisse. Vous allez me faire une série de tests au Kremlin-Bicêtre. Vous irez consulter, de ma part, le chef du service hépato-gastro-entérologie. C'est un ami proche, je vais l'appeler sur-le-champ afin qu'il vous reçoive dans la semaine. Après quoi, nous verrons comment entamer un bon régime et adopter un traitement spécifique. »

En définitive, Charles n'est pas encore ressorti de l'hôpital. Depuis une semaine il occupe une chambre du cinquième étage, dans le bâtiment Paul-Broca, avec vue sur l'autoroute du Soleil. Tu parles d'une consolation... Les examens biologiques ont révélé des troubles de la coagulation sanguine et une destruction de cellules du foie, dont le volume a beaucoup augmenté. Il semble que ce ne soit pas très bon signe. En plus, des petites hémorragies digestives ont été repérées. Charles doit donc rester sous surveillance médicale.

On nous a même dit qu'en fonction des résultats il pourrait être transféré vers le centre Paul-Brousse, à Villejuif, vraiment spécialisé dans les maladies du foie.

C'est une enveloppe banale, sans autre mention que l'adresse de Charles, rue Guynemer à Paris. Seul l'affranchissement révèle qu'elle vient du Canada. Le siège du laboratoire est à Vancouver, 355 Burrard Street, on l'apprend sur l'en-tête de lettre à l'intérieur. Un document très administratif, de couleur bleu pâle, le même bleu que certaines feuilles d'impôts.

Moi, quand Matt a ouvert le pli tout à l'heure, ce bleu m'a tout de suite rappelé les fiches descriptives qui accompagnaient chacune des poupées que je recevais par correspondance, dans mon enfance. Une collection que mes parents m'avaient offerte. Chaque mois, pendant deux ans, un petit colis arrivait à la maison, à mon nom. J'étais si fière de réceptionner un envoi comme les grandes personnes. D'ailleurs je le guettais avec impatience, en demandant tous les soirs à ma mère : « Est-ce que le facteur m'a apporté une copine de plus ? » Et les jours où, en effet, le paquet était posé sur mon lit quand je rentrais de l'école, alors je m'enfermais dans ma chambre. Je dépliais délicatement l'emballage, extirpais ma nouvelle compagne de jeux et ses différents habits, et avant même de m'inventer des histoires avec elle je prenais le temps de déchiffrer l'historique de ma poupée, décrit avec minutie sur la feuille bleue glissée dans la boîte. Exactement ce bleu-là. Celui que j'utilise aussi pour écrire...

Quand j'ai raconté ça à Matt, il s'est moqué de moi : « Tu jouais à la poupée, toi ? » Et alors ? Il tape bien, lui, sur ses caisses et ses cymbales à longueur de journée ! Franchement ! C'est quoi ce jugement débile ? Mais il a dit cela avec un tel sourire, fondant comme un macaron au caramel (c'est mon péché mignon en pâtisserie), que je n'ai même pas eu la force de lui répondre.

Matt tend l'enveloppe à Charles, allongé sur son lit d'hôpital. Il a le teint un peu cireux, l'ancien. Ça ne va pas très fort. Il en retire le papier bleu et commence à le parcourir. Je le sens fébrile, inquiet. Ses yeux ne se détachent pas de la feuille, on dirait même qu'ils vrillent pour la perforer, tant son regard est intense. Son visage ne trahit aucune émotion durant toute la lecture, qui me paraît interminable. Comme si Charles goûtait chaque mot, le faisait tourner avec soin dans sa bouche ou dans son esprit pour mieux le savourer, avant de le digérer.

En réalité, il ne comprend pas très bien le langage hermétique du laboratoire. C'est ce qu'il nous avoue en levant enfin les yeux vers nous.

« Il me semble que c'est évident, pourtant, rétorque Matt en s'emparant de la feuille. Je vous relis l'essentiel. » Du doigt, il cherche le passage qui lui paraît important. « Ah ! Voilà... C'est là, après les formalités d'usage... » Et il commence à déchiffrer pour Charles ce que nous avons déjà parcouru plusieurs fois avant de venir ici : « "Il a donc été déterminé un indice avunculaire selon le profil génétique des deux individus dont nous avons examiné les échantillons.

» "Nous vous rappelons que ce test fonctionne en analysant l'ADN de chacune des deux personnes. Il est alors possible de déterminer si elles sont bien 'frère et sœur' (les deux parents communs), 'demi-frère et demi-sœur' (un seul des parents en commun mais nous ne sommes pas en mesure de dire lequel), ou 'non liées' (aucun parent en commun).

» "Il ne s'agit pas d'analyse et de comparaison de chromosomes, mais de comparaison d'un grand nombre de séquences ADN appelées STR (*short tandem repeats*), ce qui permet de déterminer la quantité d'ADN partagée entre frère et sœur.

» "Aussi, la réponse ne peut être un simple 'oui' ou 'non', mais une probabilité en fonction d'un indice.

» "Si l'indice avunculaire est inférieur à 1,00, cela indique la non-parenté, de manière absolue. Si l'indice avunculaire est supérieur à 1,00, cela indique que les deux individus testés sont susceptibles d'être des parents biologiques. Plus la valeur de l'indice est haute, plus grande est la chance que les deux personnes soient issues de leur père présumé et donc soient frère et sœur présumés." »

Matt marque une pause, tourne la page, et reprend :

« Bon, là, nous avons une série de lignes avec des chiffres et des noms incompréhensibles, mais regardez, Charles, juste en bas, ici, où c'est marqué "résultat de l'indice avunculaire". »

Il s'approche du lit, s'assied sur le rebord et se penche en désignant de l'index la ligne évoquée. Charles redresse son buste pour mieux scruter, tend le cou d'un air important, et colle son nez sur le bout de papier bleu, bleu comme une feuille d'impôts, bleu comme une histoire de poupée, bleu comme un numéro de téléphone griffonné à la hâte...

« Vous voyez bien, le chiffre est très inférieur à 1,00. En clair, cela signifie qu'Adrien Belrisi n'est pas non plus votre père ! »

Livide, Charles s'affale à nouveau sur le matelas. Ses traits sont dévastés.

Chapitre vingt

BRIVE, 2013. SAMEDI 9 NOVEMBRE. « Oh là ! Ça va, poussez pas ! » Son imper plié sur le coude du bras gauche, dont la main agrippe un sac plastique empli d'ouvrages, elle joue de l'avant-bras et du coude droits pour se frayer – avec un grand échalas qui semble être son mari et un gosse mou et tout affolé que j'imagine être leur fils – un chemin dans la foule. Des gouttes de sueur perlent de son visage rougeaud. Elle est un peu forte, ce qui n'arrange pas sa progression dans la marée humaine. Ses efforts sont dignes de ceux d'un nageur olympique remontant une rivière tumultueuse.

En la croisant au milieu de cette foule compacte, je lis dans son regard une haine profonde de ses congénères. Si ses yeux étaient des fusils, la Halle Brassens deviendrait sur-le-champ un Waterloo ou, plus douloureux ici, un Puy-du-Chien.

Pourtant, cette femme est comme tous autour d'elle en ce moment : excitée à l'idée de croiser des écrivains et de voir des stars de la télé en vrai, harassée par cette lutte acharnée pour atteindre le prochain stand, accablée par la chaleur qui règne sous l'immense marché transformé pour le week-end en Cocotte-Minute humaine, et odieuse avec ceux de devant, ceux de derrière, ceux d'à côté, voire ceux de la même tribu : « Je te dis que le Goncourt, il est de l'autre côté ! Dans l'allée L8. Il faut tout retraverser. Bon sang ! C'est pénible, à la fin, que tu ne veuilles pas me croire ! »

Et partout dans la foire, comme elle, ça grogne, ça grince, ça couine, ça piétine, ça transpire, ça pousse avec un sans-gêne parfois rugueux. Ça crie : « Aïe ! Vous m'avez marché sur les pieds ! Pouvez pas faire attention ? » Toujours la faute de l'autre : « Hé ! Votre parapluie, là. Je l'ai dans les côtes… » Parce que, en plus, dehors, il tombe des cordes. Deux heures d'attente sous la pluie dans une file qui s'étire sans fin sur la place de la Guierle, voilà de quoi vous mettre, déjà, dans une sale humeur…

J'ai un mec qui a de drôles d'idées parfois.

Matt a décidé de descendre à Brive pour la Foire du livre. Il a prétendu vouloir rencontrer des auteurs spécialisés dans l'histoire. En réalité, il n'y en a pas un seul. Je crois plutôt qu'il avait envie de me montrer cet événement dont toute la presse parle (même France Info était là, en direct, hier), et qui attire des dizaines de milliers de personnes sur trois jours. Ce qui explique la bousculade.

Surtout, Matt avait besoin de revoir Brive.

Car à Paris, depuis que Charles est dans le coma, il n'a plus le cœur à rien.

Au studio, la maquette a pris un temps fou avant d'être enfin achevée. Elle n'a pas encore été envoyée aux Majors. Matt attend le réveil de son mentor. Il veut l'avoir à ses côtés pour tenter sa chance.

Je le vois bien, il tourne en rond. Il se sent inutile, désœuvré. Il est mélancolique.

Sans Charles, Matt s'ennuie.

Il va le voir tous les jours à Paul-Brousse, où le vieil

homme a été transporté. Une nouvelle fois, les événements se sont accélérés.

Après son premier séjour au Kremlin-Bicêtre (près de deux semaines en août), les médecins l'avaient finalement autorisé à rentrer chez lui. Avec régime de midinette et ordre de repos absolu ! Du coup, l'enquête sur l'identité de son père était restée au point mort.

Ainsi, durant les deux mois de septembre et d'octobre, Charles n'est pas sorti, sauf pour quelques pas dans le jardin du Luxembourg : « Ce ne sont pas des blouses blanches qui vont m'empêcher d'aller caresser mes arbres chéris ! Moi, sans verdure, je meurs… » Pendant ce temps, Matt, Jam et Fred se sont concentrés sur la maquette. Ils ont passé le plus clair de leur temps au studio, où je les rejoignais souvent le soir après ma journée au McDo.

Pour être près de Charles durant sa convalescence, nous nous sommes installés, Matt et moi, dans l'immense appartement de la rue Guynemer. C'est drôle : se retrouver à vivre en couple alors qu'on se connaît depuis moins de six mois. Je dois avouer que c'est agréable. Passer chaque nuit près de l'homme qu'on aime. Sentir son odeur, pouvoir s'enfouir dans ses bras les soirs de vague à l'âme. Faire l'amour au réveil, comme un cadeau inattendu, pour une journée de bonne humeur. Matt est vraiment une crème. Et puis nous avons une grande chambre avec salle de bains, comme un logement indépendant. Sans parler des repas (même allégés) mitonnés chaque soir par Thérèse, la cuisinière – qui vaut bien mon *amatxi*, ma grand-mère basque, elle aussi la reine des petits plats. Quant à la piscine sur le toit… Waouh ! Bref, je nage dans un luxe auquel je n'étais pas habituée…

Et voilà qu'il y a dix jours Charles s'est à nouveau

senti faible. Il a été admis une seconde fois à l'hôpital du Kremlin-Bicêtre. Il n'y est pas resté longtemps, le pauvre. Très vite, son état s'est aggravé : pertes de mémoire, propos confus, impossibilité de se lever pour marcher. On a traité ses varices œsophagiennes, il a été ponctionné, rien n'y a fait. Cirrhose fulgurante.

Transporté à Paul-Brousse, il a fini par sombrer dans le noir total. Coma hépatique.

Matt est malheureux, et moi je suis triste de voir Matt dans cet état.

Je crois qu'il est descendu à Brive pour se changer les idées. Quand il m'en a parlé, je lui ai même proposé d'y rester plus longtemps que la Foire du livre. Au resto, j'avais encore quelques jours de congés à prendre avant la fin de l'année. Une semaine entière au vert nous ferait du bien.

Matt a accepté seulement une fois que José lui a promis d'aller voir son patron tous les matins, et de l'appeler au moindre signe de réveil. Un peu dépité, lui aussi, le chauffeur nous a laissés utiliser la voiture pour le trajet et pour nous balader dans la région.

C'est ainsi que, depuis lundi, nous sommes installés à la Truffe Noire, le plus bel hôtel de la ville, sur la ceinture des petits boulevards qui délimitent le centre historique. Juste derrière, l'ancien collège des doctrinaires (l'actuel hôtel de ville), puis l'ancien couvent des clarisses (qui abrite les archives municipales), le musée Labenche (c'est bien, on l'a visité en moins de deux heures, je ne suis pas fan des galeries), la collégiale Saint-Martin et sa crypte avec les vestiges mérovingiens, la tour des Échevins (il paraît que la ville a été gérée par des consuls dès 1225), la maison Treilhard, le château d'eau de l'office de tourisme, la chapelle Saint-Libéral.

Oui, oui, je suis devenue incollable sur Brive !

Disons que je promène Matt à travers toute la ville, et toute la région (nous avons poussé jusqu'à Collonges et ses pierres rouges, Turenne et sa tour, Aubazine et son cloître, Chasteaux et son lac, on s'est même fait une journée aux Eyzies avec l'homme de Cro-Magnon et à Lascaux avec les peintures rupestres). Il en profite pour me parler d'histoire. Je réussis à lui faire oublier un peu l'état de santé de Charles.

Je l'ai même convaincu d'appeler Mme Galmier pour tenter de retrouver la trace de la sœur d'Adrien. C'est vrai, quoi ! Quelle bêtise cela aurait été de ne rien essayer alors que nous sommes sur place.

Et j'ai bien eu raison !

Grâce à l'aide précieuse de la directrice du Centre Michelet (elle a ses entrées à la mairie, notamment à l'état civil) nous avons pu retrouver Catherine Belrisi, qui, par chance, n'a pas changé de nom : elle est restée vieille fille.

Nous devons donc la rencontrer en début d'après-midi, chez elle, sur les hauteurs de la cité où elle a pris sa retraite.

De la fenêtre de sa petite maison, Catherine Belrisi aperçoit au loin la cheminée de l'usine d'incinération et, à l'horizon, la vallée où se niche la ville. La nuit, un halo rougeoyant s'élève dans l'obscurité. « C'est comme une présence, cet éclairage diffus, ça me rassure. J'ai toujours conscience qu'il y a de la vie à portée. »

La tristesse d'une existence terne écrase cette femme, vieille avant l'âge. Elle marche à petits pas, bouge à peine ses bras, et vous regarde par en dessous. « Femme de ménage toute ma vie, comme ma mère. Cela n'a pas été facile tous les jours, croyez-moi ! »

Matt et moi acquiesçons bien volontiers, et malgré le coup d'œil suspicieux à la Jaguar garée devant son portail elle nous accueille avec gentillesse. Au téléphone, quand je l'ai appelée (Matt a préféré une conversation entre femmes, pour éviter de l'effrayer et lui expliquer nos intentions), je l'ai sentie à la fois douce et en retrait.

La fumée d'un vieux café s'élève de la casserole. Nous sommes assis autour d'une table en formica pour bavarder.

« Quand mon frère est mort cet été, je n'ai pas eu les moyens d'aller en Italie. J'étais bien malheureuse. Je ne l'ai revu qu'une fois, lorsqu'il a traversé la région une année, avec sa femme et leur petite Antonietta. J'ai bien senti qu'il ne voulait pas s'attarder par ici. Il voulait m'embrasser, c'est tout. Toutes mes économies sont passées dans cette maison, et encore, j'ai dû emprunter un peu. Je ne me plains pas. C'est comme ça ! Je suis en bonne santé. Surtout, j'ai ma conscience pour moi. Pas comme tous ceux qui se sont acharnés sur ce pauvre Adrien. Mais c'est bien loin... »

L'odeur de son café réveillerait un régiment. Elle nous en sert une tasse. J'y noie deux des sucres qu'elle me tend dans une vieille boîte en fer. Matt se lance héroïquement à l'assaut du breuvage nature. Catherine poursuit son récit.

« Mes pauvres. Vous êtes bien jeunes ! Vous me faites remonter des souvenirs terribles. Toute ma vie j'ai essayé de les oublier. Ma mère est morte de cette histoire. La honte s'est abattue sur la famille, après la Libération. Cette période a été horrible.

– Les femmes tondues, par exemple ?

– Je voyais Rochefort à la télé, l'autre jour, raconter

ça : des types à qui on mettait un gonfleur dans le derrière et que l'on faisait exploser. Ils hurlaient : "Tuez-moi, par pitié, tuez-moi !" C'était inhumain. Des bébés de collabos pendus par les pieds comme des poulets. Les femmes tondues, bien sûr. Beaucoup violées. Certaines à mort. L'Épuration fut atroce. Par bonheur vous êtes des gosses, vous n'avez pas connu toutes ces horreurs. L'adolescente que j'étais a été marquée à vie.

– Adrien n'était plus là ?

– Heureusement ! Il n'en aurait pas réchappé. Sentant le vent tourner, dès le lendemain du massacre il s'est enfui chez nos grands-parents.

– Pourquoi ? Que s'est-il passé ? Qui l'a dénoncé ?

– La vérité n'est pas très belle à dévoiler, je le crains. Maman faisait le ménage chez Roger et Paulette, à la distillerie. Vous savez, elle était soigneuse, et travaillait avec minutie. Elle soulevait chaque tapis pour la poussière, passait le chiffon dans tous les recoins, et rangeait tous les objets qui traînaient. C'est comme cela qu'elle est tombée, un jour, sur un carnet à spirale, dans la chambre d'Angèle. Un petit cahier d'écolier où la mère de Charles avait écrit plusieurs lettres. Des lettres d'amour, un amour passionnel. Maman les a lues. Toutes, sans exception, commençaient par "Chéri", se terminaient par "Ton ange en ailes, Angèle", et faisaient trois ou quatre pages d'une belle écriture souple et ronde. »

– À qui étaient-elles adressées ?

– Une minute, jeune homme ! Je dois d'abord vous dire que ma mère m'a raconté cela des années après, en pleurant toutes les larmes de son corps. Depuis longtemps, en effet, je la harcelais pour savoir si elle avait une idée de qui avait chargé mon frère. Certes, il était plus âgé que moi – huit ans nous séparent –, mais j'avais le droit de connaître la vérité. En plus, après la Libération, j'étais devenue une paria dans mon école, maman avait perdu la moitié de son travail, papa ne trouvait plus de maisons à construire. Bref, la vie avait tourné à l'enfer. Chaque fois on nous renvoyait à la figure la trahison d'Adrien, qui avait conduit au massacre du Puy-du-Chien. Nous étions, à cause de mon frère, le déshonneur de la ville. Et moi j'étais la sœur du félon ! Ce furent des années épouvantables. Nous avons fini par nous exiler dans un coin perdu du Lot, avant que je revienne ici : la campagne c'est bien joli, mais le travail… il est en ville. Le jour où maman s'est enfin libérée de son secret, elle avait sans doute estimé qu'assez d'eau avait coulé sous les ponts.

– Alors ? »

Cette fois-ci, c'est moi qui m'impatiente.

« D'abord, mademoiselle, ma mère avait remarqué qu'un type venait de manière régulière au magasin (qu'elle nettoyait aussi tous les matins). Chaque fois il commandait à Angèle, uniquement à elle, la même chose : "Je voudrais un Absolu de Coing, fait de l'année", avec une phrase, toujours la même, du genre "Je n'aime pas l'alcool qui a trop vieilli", comme un mot de passe. Et là, en toute discrétion – mais maman s'en est vite aperçue parce qu'ils se déplaçaient tous les deux à l'écart et elle avait repéré leur manège –, Angèle recevait un pli de cet homme. Maman n'a jamais su leur contenu, mais elle a fait le rapprochement le jour où elle a trouvé le cahier à spirale.

– Pourquoi ?

– Parce que le type du magasin était un soldat allemand, et que le prénom marqué sur la couverture du cahier, c'était "Karl" ! »

Matt et moi, nous nous regardons avec stupeur, sans voix. Face à notre désarroi, la vieille dame nous saisit à chacun une main, qu'elle place au creux des siennes. Sa peau douce et chaude me donne des frissons après ce qu'elle vient de nous dire. Elle serre nos doigts entre ses paumes.

« Ce n'est pas fini, mes enfants. Vous savez, il ne faut jamais se fier aux apparences. Retenez bien ce que je vous dis là. Ne croyez pas les choses évidentes. Fouillez, cherchez, interrogez-vous. Même si un avis est majoritaire, même si aucune voix ne discorde dans un discours collectif, ne prenez jamais ce qui est dit pour argent comptant. La vérité se mérite. Il faut du courage pour l'affronter.

» Voilà ce que je pense être la vérité. Maman n'avait aucune preuve de ce qu'elle m'a dit ce jour-là, c'est pour cela qu'elle s'est tue pendant l'Épuration, et durant les mois douloureux après la Libération, et toutes ces longues années après. En effet, elle n'a jamais retrouvé par la suite le cahier, même après la disparition d'Angèle – morte en couches, comme vous le savez, le jour de la naissance de votre ami Charles. Pourtant, elle a aidé Paulette, dévastée par la perte de sa fille, à ranger la chambre. Mais le petit carnet s'était envolé. Et puis, si maman n'a rien dit, c'est aussi parce qu'elle ne voulait pas perdre son emploi...

– Comment ça ?

– Vous la voyez lancer à la cantonade que la fille de son patron menait un double jeu ? Car c'est ce qu'elle m'a révélé. Et je pense qu'elle avait raison. Sans doute, à la demande de ce Karl – l'officier nazi dont elle était folle amoureuse –, Angèle s'était-elle rapprochée de sa passion platonique d'enfance, Adrien, pour avoir des informations sur les réseaux clandestins, auxquels les Allemands soupçonnaient que mon frère appartenait.

– Et vous croyez que c'est elle qui aurait livré les maquisards du Puy-du-Chien ?

– J'en suis persuadée. En tout cas, dès le lendemain du drame, les boches ont frappé à notre porte. Heureusement, Adrien s'était déjà envolé.

– Mais qui aurait fait courir le bruit d'une trahison de votre frère ?

– À votre avis, mon garçon ?

– Angèle ? s'enquiert Matt.

– Mais pourquoi ? enchaîné-je aussitôt.

– Pour se protéger, mademoiselle. Pour attirer la vindicte populaire sur mon pauvre Adrien, et éloigner d'elle-même le moindre soupçon ! »

Le restaurant est bondé. La salle a des allures de brasserie parisienne. Il règne une atmosphère chaleureuse, ponctuée de grands éclats de rire. On s'interpelle d'une table à l'autre. Parfois, un toast est levé. Les gens s'embrassent et se connaissent tous. Je suis très impressionnée.

« Chez Franssiss est le musst de Brive pendant la Foire du livre, explique Mme Galmier. Css'est pourquoi je vous ai proposé de résserver là quand vous m'avez ssappelée en début de ssemaine. »

Durant les trois jours de la manifestation, les maisons d'édition ont leurs habitudes ici. Elles réservent leur table d'une année sur l'autre. Celle de Gallimard ne bouge jamais : dans la petite salle de droite en entrant. Celle du Seuil est alignée juste à côté. Michel Lafon ou Plon sont dans la salle du fond. Les attachées de presse embrassent

Francis et Dominique, les propriétaires, comme du bon pain. Et surtout on mange divinement bien. Matt et moi en avons fait l'expérience en ce samedi soir. Malgré le nombre de couverts, le service est rapide et l'assiette somptueuse : flan de courgettes avec des girolles séchées en entrée, comme plat un bœuf braisé à tomber, et en dessert une flognarde aux pommes moelleuse à souhait.

Je me sens toute petite, car je comprends bien, aux discussions autour de nous, que nous sommes entourés par les plus grands écrivains. Celui qui, de sa bouche pointue, parle fort avec un accent anglais, à la table ronde près du comptoir, serait Douglas Kennedy. Il a l'air sympa. Mme Galmier nous dit que le géant noir avec une casquette de titi parisien est Alain Mabanckou, le président de la Foire cette année (jamais entendu parler, rien lu de lui, ni de quiconque dans cette salle je suppose). À côté de nous, ce serait Yann Queffélec et sa femme ; à un journaliste venu le saluer, il raconte sa soirée d'hier dans un château où on lui a fait goûter un Petrus 82.

Nous sommes arrimés à une toute petite table ronde à l'entrée, un peu dans le courant d'air de la porte qui s'ouvre sans arrêt. Peu importe. Le spectacle vaut son pesant de cacahuètes. Mme Galmier pense que tous ces Parisiens vivent sur une autre planète, un microcosme replié sur lui-même.

« Des gens qui condescssendent à gagner la provinsse par l'Orient-Ecsspress, qui déjeunent et dînent toujours enssemble, font la fête au Cardinal entre eux, et ne parlent que d'eux-mêmes !

— Le Cardinal ?

— Le night-club où Doc Gynéco a *pécho* Chrisstine Angot, comme vous dites, vous les jeunes… »

Je suis fascinée par les graffitis qui couvrent les murs, les piliers, le plafond. Ce sont les auteurs qui déposent là une trace de leur ego. En allant aux toilettes, près de l'escalier du fond, j'ai lu par exemple « vivre ivre de livre à Brive » – rigolo… Même Cocteau a signé près de l'entrée, mais la patronne Dominique nous avoue la vérité : « Cocteau n'est jamais venu ici. C'est l'écrivain François Weyergans qui l'a imité. Étonnante de ressemblance, cette signature, vous ne trouvez pas ? »

Matt a voulu à tout prix inviter la directrice du Centre Michelet pour la remercier de son apport dans nos recherches, depuis le début.

« Qu'allez-vous faire de tout cssela, maintenant ? nous demande Mme Galmier en dégustant une Marie Brizard avec son déca.

– En parler à Charles dès qu'il se réveille, lui répond Matt. Mais je dois avouer que ça me laisse un peu KO. Je ne sais pas comment il va le prendre. J'ai déjà du mal, moi…

– Vous verrez bien. Ssi vous voulez un bon consseil, attendez qu'il aille mieux. Ne lui balanssez pas cssela dès qu'il va ssortir du coma. Laissez-lui le temps de reprendre des forsses.

– Surtout qu'on n'en sait toujours pas plus sur l'identité réelle de son père, ajouté-je avec dépit. Bon, d'accord, c'est un Allemand. Mais c'est grand l'Allemagne !

– Tu as raison, bébé, approuve Matt. Peut-être, avec les archives de l'armée allemande, pourrions-nous retrouver sa trace. Qu'en pensez-vous, madame Galmier ?

– Ssans doute. Mais pour cssela, jeunes gens, il vous faut aller à Berlin ! »

Brive, le 14 mars 1944

Chéri.

Je retrouve mon petit carnet à spirale après de longues semaines d'interruption.

Le drame de novembre m'a plongée dans un état second. Jusqu'à ce jour fatidique, je ne vivais que par toi.

Tes yeux bleus qui se posaient sur mon corps. Ta peau souple et ferme en même temps, que je faisais frémir en y laissant crisser mes ongles. Ton sexe fier qui m'envahissait avec force et douceur, provoquant en moi des torrents de plaisir.

Et du jour au lendemain, plus rien.

Tu as été mon unique amour, la seule flèche qui a percé mon cœur, le seul homme à qui j'ai offert mon corps.

Je te dois au moins cela

Si je reprends ma plume après de longues

semaines, c'est parce que enfin je sais que tu es vivant !

Oui, vivant ! Dieu soit loué. Tu n'as été ni blessé ni tué, au Puy-du-Chien.

J'en étais sûre. Je le sentais au plus profond de moi. Comme si ton sang battait toujours dans mes veines, à distance.

Ô combien je suis heureuse !

Je vais enfin pouvoir redonner un sens à ma vie.

Tu es vivant !

Je le sais parce que ton messager, l'homme qui, avant, venait pour fixer nos rendez-vous, est là, à la distillerie.

Je l'ai reconnu tout de suite. Mes jambes ont aussitôt tremblé et mon cœur s'est emballé, comme la première fois où je t'ai croisé, sur cette petite route près de Brive.

Lui me cherchait du regard. Quand il m'a vue, au fond du magasin, un grand sourire a éclairé son visage.

À cet instant précis, à ce sourire, j'ai compris que tu n'étais pas mort.

Cet homme m'a dit être en transit à Brive. Il revient d'Allemagne et va te rejoindre, dans le Sud-Ouest. Il ne peut pas s'arrêter trop

longtemps, et ne veut pas me mettre en danger.
Nous sommes allés près d'un chai, à l'écart.
Tandis qu'il fait semblant de goûter certains de
nos alcools, je t'écris cette ultime lettre.

Il m'a expliqué comment tu avais reçu ordre,
dès le lendemain du Puy-du-Chien, de rejoindre
Bordeaux, où tu as intégré il y a quelques jours
la division « Das Reich », qui arrive du front
de l'Est par avion et va prendre ses quartiers
vers Montauban.

Surtout, il m'a glissé, à ta demande, un mot
de toi.

J'ai lu ce que tu y as écrit. Tu imagines
combien cela me touche et m'emplit de bonheur.

Ainsi donc, tu m'aimes. Vraiment.

C'est merveilleux.

Ainsi, tu me donnes une adresse dans la ban-
lieue de Berlin, où je pourrai te rejoindre après
la guerre.

Tu veux que nous nous retrouvions chez toi
quand tout cela sera fini.

Quelle joie ! Ma vie s'ouvre enfin, pardon,
notre vie, s'ouvre enfin devant nous…

Je le ferai, chéri.

Oh oui ! Je le ferai. Je viendrai.

D'autant, chéri, que je ne viendrai pas seule.

J'attends un enfant de toi !

Forcément de toi, puisque je n'ai connu que toi.

Si c'est une fille je l'appellerai Charline.

Si c'est un garçon, il se prénommera Charles.

Comme toi.

Je ferai croire à mes parents qu'il est d'un maquisard, un copain d'Adrien, comme ça ils me laisseront en paix avec le père. Ils détestent les résistants !

Cet enfant et moi sommes prêts à vivre à tes côtés. Toute la vie. Toute l'éternité.

C'est pour que tu apprennes la nouvelle au plus vite que je couche ce dernier mot sur le papier, à la hâte.

Je vais remettre mon petit cahier à spirale à ton messager, pour qu'il te le porte, dès demain, dès ce soir peut-être... Tu auras loisir de parcourir mes lettres...

Je t'aime. Je t'aime tant.

Ton enfant et moi t'embrassons du plus fort que nous le pouvons.

À bientôt. Dès que tout cela est fini.

Je garde précieusement ton adresse.

Ton ange en ailes, Angèle.

Chapitre vingt et un

Berlin, 2013. Mercredi 13 novembre. Il fait trop froid pour apprécier le petit déjeuner sur la terrasse, à l'arrière du bâtiment. À deux pas du Ku'damm (la grande avenue aux magasins de luxe), notre hôtel est plutôt tranquille. Le buffet est dressé dans la grande salle du deuxième étage, où règne un joyeux tintamarre. Des hommes d'affaires plongés dans leur journal y côtoient des jeunes touristes en tenue décontractée. Un groupe de femmes occupe plusieurs tables, peut-être un séminaire d'infirmières, ou un voyage entre copines dans la ville la plus branchée du moment en Europe.

« Prends un œuf coque, me lance Matt en finissant d'avaler le sien, leur cuisson est parfaite. Sinon, tu as vu le rayon charcuterie ? C'est costaud !

– Oui, mais n'oublie pas que tu es un sportif émérite, maintenant que tu as couru un marathon ! Évite le gras... »

Pour ma part, je préfère l'éventail des petits pains. Des ronds, des allongés, aux céréales à l'intérieur, avec des graines sur le dessus, aromatisés ou non, plus ou moins foncés, jusqu'à ces tranches carrées entièrement noires qu'une étiquette désigne sous l'appellation « *pumpernickel* ».

« C'est à base de farine de seigle, me lance Jorg dans

un éclat de rire face à ma mine dubitative. Excellent pour le transit ! »

Jorg est l'interprète qui nous accompagne depuis notre arrivée hier soir, tard. Avec les trois mille euros qui continuent d'être versés chaque mois à Matt, nous pouvons nous permettre ce petit extra. Au demeurant, malgré le coma de Charles, ce salaire est justifié. Notre présence ici le prouve. Nous comptons bien trouver, enfin, le père du vieil homme. De mon côté, j'ai prétexté une maladie et j'ai annoncé à mon chef que je serais absente trois ou quatre jours de plus dans la foulée de ma semaine de congés en Corrèze. Il ne viendra sûrement pas me chercher à Berlin !

Étant donné notre allemand misérable, Jorg nous est indispensable. Il est très sympa. Étudiant à l'université, il veut devenir interprète officiel au Parlement européen. En plus du français, qu'il maîtrise de manière impressionnante, il parle anglais et espagnol. Son avenir semble assuré.

Derrière d'immenses lunettes bleu nuit, trop grandes pour son visage tout pointu, il doit se demander pourquoi nous nous sommes lancés dans cette quête étrange. Il n'en laisse en tout cas rien paraître, et arbore au contraire un sourire communicatif.

« Nous avons rendez-vous aux archives de l'armée dans moins d'une heure. Quand vous m'avez contacté lundi matin, je me suis renseigné, parce qu'il y a aussi un site de stockage des documents militaires à Fribourg. Mais la section sur la Wehrmacht et celle sur la Résistance se trouvent ici, à Berlin. J'y suis allé hier, et j'ai cherché – selon vos indications précises – un officier présent à Brive fin 43 se prénommant Karl. Toute la journée j'ai épluché des tonnes de documents. Croyez-moi, si cela n'avait tenu qu'à moi, j'aurais vite abandonné. Être un petit rat de bibliothèque... Pouah ! Quelle barbe ! » Il m'étonne par son français fleuri, mais il nous avouera plus tard avoir passé un semestre scolaire en Alsace et entretenu une relation avec une Strasbourgeoise grassouillette qui maniait les expressions colorées. « Mais puisque vous m'avez payé d'avance, et par un virement bancaire conséquent, je l'admets, je n'ai pas lésiné sur mon temps.

– Merci encore, Jorg.

– De rien. » Il élargit son sourire. « Comme je vous le disais hier soir à l'aéroport, le seul qui pourrait correspondre est un colonel, envoyé en Gironde fin 43 avant d'intégrer la Das Reich de sinistre réputation. Si cela colle, dans la foulée on peut faire un saut chez sa femme, je l'ai prévenue.

– Finissons de déjeuner et allons-y, s'impatiente Matt.

– D'accord. Et cet après-midi, si vous le souhaitez, je vous ferai découvrir la ville.

– Génial !

– On verra, bébé, on verra. Si on a le temps... D'abord, retrouvons notre homme. »

Je m'enthousiasme un peu vite, mais je suis sûre que Matt va se sentir à Berlin comme un poisson dans l'eau : les vieilles pierres, les musées, l'histoire encore à lire à livre ouvert à travers la ville, les traces de ce fameux mur dont j'ai entendu parler mais que je n'ai jamais vu, tout ça c'est son domaine.

Quant à moi, il me tarde de fréquenter les grands magasins dont l'immense Kadewe (découvert sur Internet), les bistrots cosmopolites, et de sortir en boîte : on dit que Berlin est devenu la capitale de l'électro...

Elle a dû fumer toute sa vie. Ses joues sont striées dans tous les sens, sa peau est fade et sèche. Elle affiche un teint blanchâtre qui n'a rien à envier à celui du malheureux Charles, toujours inconscient sur son lit d'hôpital à Paris. Dès qu'elle ouvre la bouche, sa lèvre supérieure découvre deux dents énormes, avançant dans le vide, qui font peur.

De ses mains tordues elle ouvre un tiroir, attrape un paquet, sort une de ces cigarettes légères, fines et longues qui donnent un supplément d'élégance (mais là on dirait une brindille de paille coincée entre ses monstrueuses canines), et approche la flamme d'une bougie allumée. Sans un grésillement, le bout se consume et notre interlocutrice aspire une longue bouffée.

« Cela ne vous dérange pas au moins ? Vous en voulez une ? »

Sa voix rauque, tranchante comme une lame de rasoir, fend le silence.

Nous déclinons l'offre poliment. L'appartement paraît très grand. La pièce où nous prenons le café (thé allongé d'un peu de lait en poudre pour elle) n'en finit plus de s'étirer vers le fond. On devine une cuisine lointaine. Le haut plafond permet de loger des meubles gigantesques. Un piano quart de queue occupe un large espace, près du mur opposé à l'entrée. Nous sommes installés dans un coin formé de deux bow-windows, ces fenêtres en surplomb de la Gneisenaustraße (l'une des principales avenues du quartier de Kreuzberg), autour d'une table basse ronde entourée d'un liseré de cuivre dont l'effet décoratif me semble douteux.

Jorg traduit.

« J'ai essayé d'arrêter, mais je n'y parviens pas. Les nouvelles *vaporettes* me donnent des allergies, la cigarette électronique ne m'inspire pas confiance, alors je me suis rabattue sur cette marque. Elles sont plus fines et moins toxiques. J'ai l'impression de moins fumer.

– Vous jouez du piano ?

– J'aurais adoré. Mais hélas non. Karl en revanche était très doué. Il exécutait les sonates de Chopin à merveille. Il nous a quittés en 89, l'année du Tournant[1]. Parfois, au réveil… notre chambre est juste là », elle désigne une porte entrouverte, « je crois entendre une mélodie s'échappant de ses doigts, car il aimait, jadis, me cueillir au saut du lit par un air musical qui emplissait l'appartement. Mais ce n'est qu'une illusion. La vie est souvent illusions.

– Madame, merci de nous recevoir chez vous. J'imagine que ce retour au passé ne vous enchante guère.

– Il est vrai, jeune homme, que nous avons vécu des heures difficiles.

– Après la guerre ?

– Pendant non plus ce ne fut pas agréable. Les bombes pleuvaient sur la ville. Je vous invite à aller visiter l'église sur le Ku'damm. Une exposition y montre en ce moment des images aériennes de Berlin après les bombardements par vos avions. Un champ de ruines. Plus un immeuble ne tenait debout. Quelle souffrance. » Son regard se perd dans le vague, puis elle se ressaisit. « Mais vous avez raison. Karl a subi une curée terrible à son retour. Il a été jugé, comme bien d'autres. On les faisait passer pour les plus barbares des tueurs. Enfin ! Ils ne faisaient tous

---

1. Les Allemands désignent la chute du mur de Berlin par le terme « *die Wende* » (le Tournant).

qu'obéir aux ordres. Lui aussi. Il me l'a assez répété ! La guerre n'est belle ni d'un côté ni de l'autre. Il n'a jamais compris pourquoi on le poursuivait ainsi... Le malheureux a passé douze ans en prison. C'est là que je l'ai rencontré, à Spandau. J'étais visiteuse. Je suis très vite tombée amoureuse de cet homme élégant aux yeux clairs. Vous auriez vu ces yeux... Des pupilles de braise, puissantes et troublantes. Leur azur profond m'attirait comme un abysse... À la fin, j'allais le voir tous les jours. Sans mon soutien, aurait-il tenu le coup ? »

Pour moi, toutes ces histoires appartiennent aux manuels scolaires. La Shoah, on nous l'a expliquée au lycée. Mais bon, c'est vieux. Ça ne m'intéresse pas vraiment. Alors, savoir qui avait tort ou raison... Hitler s'est suicidé dans son bunker, OK. Je crois que ses anciens ministres ont été jugés. Par contre j'ignore s'ils ont été condamnés à mort, ou emprisonnés. Apparemment, notre homme a fait un séjour en tôle. L'a-t-il mérité ? Avait-il obéi à sa hiérarchie ? Tout ça me dépasse un peu. Faudra que je demande à Matt, quand nous serons rentrés à Paris. Lui doit avoir une idée plus précise.

Mais si ce Karl est bien le père de Charles, ça va lui filer un sacré coup, au vieux. Fils d'un nazi ! Merde alors... Pour sûr, on devra attendre qu'il soit complètement remis de sa jaunisse pour lui annoncer. Avant notre départ, hier matin, son état était stationnaire. Matt est resté auprès de lui toute la journée de lundi. Je ne sais pas ce qu'il a pu lui raconter durant des heures. Je crois qu'il lui a lu le journal et résumé les informations du midi à la télévision.

C'est dingue comme il s'est entiché de ce bonhomme. Il lui voue une affection que j'ai un peu de mal à comprendre. Comme si une connexion spéciale s'était établie entre eux. Parfois ils passaient plus d'une heure dans un silence total. C'est Matt qui me l'a confié. Il lui a aussi parlé de moi, mais refuse de me dire en quels termes. Je vais finir par être jalouse...

Bon, et maintenant, comment savoir si Karl est bien le père de Charles ? L'Allemand est mort depuis vingt-quatre ans, on ne pourra pas refaire le coup de l'ADN ! La seule preuve serait...

« Pardonnez-moi de remuer de vieilles choses, reprend Matt, mais votre mari a-t-il jamais évoqué son passage à Brive ?

— Vous ne remuez rien de douloureux, parler de mon cher Karl est un plaisir. Ce ne furent que des heures heureuses en sa compagnie. Il était doux, attentionné, ouvert à tous, consciencieux dans le petit travail qu'il avait retrouvé après avoir purgé sa peine, et toujours à l'écoute de ses enfants. Oui, nous avons eu deux filles, Anna et Eva. Toutes les deux ont réussi dans la vie, vous savez. L'une est architecte d'intérieur, l'autre a travaillé dans une agence de communication. Elles gagnent très bien leur vie. C'est grâce à elles que nous avons pu acheter ce logement. Karl leur en a été reconnaissant jusqu'au bout. Hélas, il n'a jamais connu ses petits-enfants.

— Et Brive ?

— Ah oui ! Pardon, je m'égare. Je dois vous avouer que mon mari ne m'a jamais vraiment parlé de la guerre, sauf en prison. Il se libérait, par la parole, des atrocités qu'il avait vues, sans doute. Je me souviens de ses récits de combats contre les maquisards. Il les appelait "les terroristes" ou "les bandes". Une armée, d'après lui. Il y en avait partout, dans les forêts autour des grandes villes. Ses hommes avaient peur, parfois, de s'engager sur des petites routes de campagne. Ils craignaient à chaque instant une embuscade. Son seul objectif était d'anéantir ces réseaux qui proliféraient. Tel était l'ordre qu'il avait reçu de ses supérieurs : détruire tous les foyers de résistance. De n'importe quelle façon. Des ennemis armés, à abattre ! Coûte que coûte... Une armée d'ennemis... Karl m'a confirmé que, quelquefois, ce n'était pas très joli. D'ailleurs, il est resté longtemps hanté par les méthodes de la division à laquelle il avait été affecté. Une violence appliquée sur le front de l'Est auparavant, mais jamais encore à l'Ouest. Des morts pour l'exemple, des massacres. Militaires, maquisards, civils, il fallait tuer. C'était la guerre, mon pauvre monsieur. Tous les moyens étaient bons... Karl se réveillait souvent la nuit, en sueur, en poussant des cris lugubres. Puis il pleurait... Maudite guerre ! »

Le temps que Jorg finisse de traduire, elle rallume une cigarette, se lève et se dirige vers la chambre.

« Un instant, je reviens. »

Elle disparaît plusieurs minutes. On l'entend fouiller dans ses armoires, secouer des tiroirs, faire grincer les portes. Elle prononce de temps à autre un mot qui n'a pas besoin de traduction : à l'évidence, elle peste. Jusqu'à ce petit cri étouffé, que je perçois : « *Ach ! Endlich mal*[1]... »

Sa cigarette au bec est presque entièrement consumée quand elle réapparaît dans l'encadrement de la porte. Avec fierté, elle tend vers nous la boîte qu'elle a dénichée non sans mal, et reprend sa place en même temps que la conversation.

« Vous savez, je ne savais pas si vous viendriez. J'avais

1. « Ah ! Enfin... »

enfoui cet objet au fond d'un placard, au cas où. Mais, les années passant, je dois avouer que je ne vous attendais plus… »

Devant notre mine interdite, la vielle dame écrase son mégot, pour se resservir aussitôt dans le paquet. Elle enclenche le briquet, tire une bouffée, et poursuit : « En effet, jeune homme, vous avez raison. Karl m'a un jour parlé de Brive. C'était peu après notre mariage, en 62. Je le sentais ému et, là encore, j'ai tout de suite compris qu'il voulait se libérer de quelque chose… » Elle suspend son récit, se concentre sur ses émotions d'alors, puis reprend : « Tout est sorti d'un coup. Un amour passionnel pour une fille de Brive, qu'il avait eue dans la peau. Il l'avait aimée à la folie. Une certaine Angèle. Je m'en souviens très bien. Imaginez le choc pour moi : Karl me laissait entendre qu'il m'avait épousée mais que son cœur était envahi par une autre… Oh ! bien sûr, il y a mis les formes, il ne l'a pas dit avec cette brutalité-là. Non. Il m'a assurée de son attachement à moi, mais il tenait à ce que je sache la vérité… Je l'ai souvent béni de cette franchise. Les hommes savent être lâches quand ils le veulent. Au moins, lui a eu le courage de me dire la vérité en face. Le temps lui a donné raison. Il m'a vraiment aimée. Avec passion. » Son regard s'enflamme. « Je vous assure, nous n'avons eu que des années heureuses. » Elle tire une bouffée de cigarette avant de continuer. « Je crois qu'il avait besoin de cette révélation pour enterrer définitivement son passé. J'avoue avoir été anéantie ce jour-là, mais ma jalousie m'a vite abandonnée. D'abord, je n'étais pas propriétaire de ses sentiments. Ensuite, moi aussi j'avais eu une passion de jeunesse. Un charbonnier de mon quartier, Reinhard, avec qui j'avais eu une aventure dans ma vingtaine. Il était si beau, ses sacs sur le dos. Quand Karl m'a fait ses confidences, je lui ai révélé, moi aussi, mon petit secret. Au fond, nous étions quittes. Dès lors, nous n'avons jamais plus abordé les souvenirs d'avant notre rencontre. Notre vie commune a réellement commencé ce jour-là. »

Elle écrase sa cigarette dans le cendrier déjà plein. Saisit la petite boîte posée à côté. Avec minutie, elle dénoue la ficelle qui la retient. Cela coince un peu. Enfin, elle en sort un cahier jauni.

« Le soir de cette fameuse discussion, quand nous avons évoqué lui Angèle et moi Reinhard, il m'a montré ceci et m'a dit : "Il faut que tu saches autre chose." Qu'allait-il encore m'apprendre ? Je l'écoutais avec angoisse. "Angèle m'a écrit plusieurs lettres dans ce petit carnet à spirale. Elle me les a fait parvenir par mon majordome. Dans la toute dernière, elle m'annonce être enceinte de moi… Non, attends… Je ne sais pas si l'enfant est né, je ne sais même pas ce qu'est devenue Angèle. Cela fait dix-huit ans à présent. Et c'est toi que j'aime." Je me souviens de ses yeux à cet instant précis. Leur bleu d'une profondeur inouïe brillait avec un éclat incroyable. Il m'a prise par les épaules et m'a dit : "Je veux juste garder ce cahier au cas où cet enfant me retrouverait. Je suis son père, tu comprends ? Je ne pourrai jamais le renier. Même si c'est un enfant de la guerre, c'est mon enfant…" Et il s'est mis à pleurer. Moi aussi. Il m'a fait promettre de conserver le carnet toute notre vie, au cas où. » Elle s'arrête, baisse la tête, renifle fort, et lâche dans un soupir en se tournant vers moi : « Et vous voilà. Oh, mon Dieu ! »

Nous n'avons pas le temps de la réconforter. Le téléphone de Matt sonne. Il regarde l'écran de son appareil.

« Pardonnez-moi, c'est José ! Charles a dû se réveiller. Je vais répondre. »

Il décroche l'appel, lance un « Alors ? » plein d'allant mais se lève d'un bond, tendu comme un lance-pierre, pour ajouter dans un souffle : « Quoi ? »

Sa voix est blanche.

Épilogue

BRIVE, 2013. SAMEDI 16 NOVEMBRE. Les nuages menacent depuis le début de la matinée. Dans son horizon sans lumière, le ciel gris accompagne notre tristesse. Nous redoutons l'averse qui peut survenir à tout instant. Moins de vingt minutes avant notre sortie du centre funéraire, une puissante rincée a lavé la ville.

Nous sommes quatre à marcher derrière la voiture noire qui roule à allure d'homme : le notaire qui a réglé les obsèques, José, Matt et moi. Dans le cercueil en chêne clair, Charles nous quitte. Il va rejoindre, quelque part dans l'éternité, sa mère Angèle, et son père Karl, dont il n'aura finalement jamais connu l'identité.

Est-ce mieux ainsi ?

Apprendre que l'on est fils d'un nazi doit être terrifiant. Par curiosité, Matt a acheté hier le roman familial d'une enfant de boche. À treize ans, Annette apprend qu'elle est une de ces filles de la guerre. Il m'en a lu un passage : « Au-dedans, ça explose et ça flambe, ça jaillit et ça ruisselle, ça inonde et ça submerge. Et son cœur, il cogne contre sa cage thoracique. Il va la transpercer. Et son souffle, il lui manque. Il va s'échapper. »

Putain ! Quelle souffrance...

Charles a toujours regretté de n'avoir pas appris la vérité sur ses parents dès l'enfance. L'aveu de Roger et Paulette le jour de ses vingt et un ans l'a marqué à vie. Cette blessure ne s'est jamais cicatrisée. Il l'évoquait devant nous en des termes encore très durs.

Connaître la vérité plus tôt aurait-il changé sa vie ? Et encore, quelle vérité ? La fausse, celle de ses grands-parents convaincus qu'il était le fils du héros de la Résistance Pierre Estandieux ? Ou la vraie, la filiation avec un colonel de la Wehrmacht enrôlé dans la Das Reich, cette division de sinistre mémoire qui a laissé dans la région une trace indélébile : quatre-vingt-dix-neuf hommes pendus aux balcons de Tulle ; six cent quarante-deux morts à Oradour-sur-Glane (les hommes abattus, les femmes et les enfants brûlés vifs dans l'église) ; bref, l'horreur absolue ?

Quelle étrange ironie du destin. Charles s'est éteint le 13 novembre, nous l'avons appris à Berlin par le coup de fil de José. Le même jour que le massacre du Puy-du-Chien ! Soixante-dix ans plus tard...

Il aurait fêté, lui, ses soixante-dix ans le 15 août prochain, jour de la libération de Brive, en 2014. Pour cet anniversaire, peut-être y aura-t-il une commémoration particulière.

Le véhicule pénètre lentement dans l'enceinte du cimetière, à l'arrière du centre commercial. C'est là que Charles a voulu se faire enterrer. Retour à Brive, sa terre natale. Lui qui a tant détesté cette ville. D'après ce que nous a dit le notaire, il ne voulait pas reposer aux côtés de ses grands-parents, au cimetière Thiers, où se trouve pourtant aussi sa mère. Non, il a préféré s'isoler, avec vue sur la ville, ici à la Fournade.

Comme un clin d'œil du destin, un rayon de soleil pose une tache lumineuse sur la petite colline au moment où le vieil homme est installé dans son ultime demeure. Délicatement, au moyen de deux cordes, les employés des pompes funèbres procèdent à la manœuvre, puis Matt jette une poignée de terre sur le bois froid. José et moi l'imitons.

Enfin, Matt sort de sa poche le petit paquet qu'il a préparé.

« Tiens, Charles. Cela te revient. J'ai découvert en toi un homme généreux. Grâce à toi, j'ai appris à connaître cette région, son histoire. Nous avons voyagé aussi, Maika et moi. Elle est là, à mes côtés. Nous t'embrassons tendrement. Tu vas nous manquer. Voilà, j'ai ce cadeau pour toi. Oh, pas grand-chose, mais tu aurais aimé l'avoir, le toucher, le lire et le relire sans fin, j'en suis sûr. Donc, ce carnet sera mieux auprès de toi. Ce sont les lettres de ta maman à ton papa. On s'est permis de les lire avec Maika. Il semble que tu aies été conçu la dernière fois où ils se sont aimés, le 9 novembre, quatre jours seulement avant le Puy-du-Chien. Tu sais, je crois qu'ils s'aimaient pour de bon, tous les deux. Tu as été un enfant de la guerre, certes, mais surtout un enfant de l'amour. Désormais, tu les as rejoints. Repose en paix à leurs côtés. »

Et d'un geste souple il dépose le petit cahier à spirale, soigneusement rangé dans un plastique.

Je ne peux m'empêcher de retenir une larme.

José sanglote derrière nous.

Nous marquons une minute de recueillement. Chacun

lance quelques fleurs sur le cercueil. Des roses blanches.
Puis une mélodie s'élève : du piano, avec les voix de Jean-
Jacques Goldman, Michael Jones et Carole Fredericks.
C'est Matt qui a eu cette idée. Je trouve cela très beau.

Et si j'étais né en 17 à Leidenstadt
Sur les ruines d'un champ de bataille
Aurais-je été meilleur ou pire que ces gens
Si j'avais été allemand ?

Bercé d'humiliation, de haine et d'ignorance
Nourri de rêves de revanche
Aurais-je été de ces improbables consciences
Larmes au milieu d'un torrent

Si j'avais grandi dans les docklands de Belfast
Soldat d'une foi, d'une caste
Aurais-je eu la force envers et contre les miens
De trahir : tendre une main

Si j'étais née blanche et riche à Johannesburg
Entre le pouvoir et la peur
Aurais-je entendu ces cris portés par le vent
Rien ne sera comme avant

On saura jamais c'qu'on a vraiment dans nos ventres
Caché derrière nos apparences
L'âme d'un brave ou d'un complice ou d'un bourreau ?
Ou le pire ou le plus beau ?
Serions-nous de ceux qui résistent ou bien les moutons
[d'un troupeau
S'il fallait plus que des mots ?

Et si j'étais né en 17 à Leidenstadt
Sur les ruines d'un champ de bataille
Aurais-je été meilleur ou pire que ces gens
Si j'avais été allemand ?

Et qu'on nous épargne à toi et moi si possible très
                                                    [longtemps
D'avoir à choisir un camp

Alors que nous nous éloignons du caveau, les premières gouttes d'une nouvelle averse nous incitent à accélérer le pas.

« Vous permettez un instant ? »

C'est le notaire qui nous interpelle. Matt demande à José d'aller chercher la voiture et répond :

« Bien sûr.

– Avant de repartir vers Paris, j'aimerais que vous passiez à mon étude.

– Oui. De quoi s'agit-il ?

– Voilà, il y a quelques semaines, Charles m'a appelé de Paris, pour me donner des instructions. Nous avons échangé plusieurs courriers, et j'ai pu régler l'affaire. Mais pour la conclure définitivement j'ai besoin de votre paraphe.

– Ah ! En quoi cela me concerne-t-il ? demande Matt, un peu inquiet.

– Rien de grave, rassurez-vous. Au contraire. Je dois d'abord vous avouer que je suis très triste de le voir partir. Charles avait fait appel à moi pour régler son divorce alors que je démarrais tout juste dans le métier. Il voulait un jeune clerc aux idées modernes, capable de tenir tête au clan d'en face : parce que tous s'étaient ligués contre lui, ses grands-parents, et sa femme bien sûr.

– Savez-vous ce qu'elle est devenue ?

– Élise a passé la main, elle a pris sa retraite vers Objat, sur ses terres natales, où elle s'était remariée. Mais venons-en à ce qui nous intéresse.

- En quoi puis-je vous être utile ?

– C'est très simple… Charles m'a demandé, en toute discrétion – et il pouvait compter sur moi, car nous avions gardé des liens sinon d'amitié, au moins de respect et de cordialité –, de préparer sa succession.

– Et ?…

– Vous êtes son héritier unique. Il vous lègue sa fortune, son appartement, et la Jaguar !

– Quoi ? ? ? ! ! !

– Oui, vous avez bien entendu. » Le notaire s'arrête un instant, puis reprend : « Mais il a mis à cela une condition : il vous demande de garder à votre service José, son fidèle chauffeur, et la brave Thérèse, sa cuisinière… »

La pluie s'accélère. Le vent nous glace.

Incrédule, Matt semble perdu. Accrochée à son bras, je le sens fléchir. Le regard au sol, il ne réalise pas. Je vois bien qu'il cherche à comprendre dans sa tête ce que vient de lui annoncer le petit homme affable en face de nous.

Il reste un long moment sans réagir. Lève son visage vers l'eau qui commence à ruisseler à présent. Il se retourne vers la tombe, au bout de l'allée. Adresse un signe à son ami.

Puis il tourne la tête vers moi, cherche mes yeux pour y plonger. Les siens sont humides. La pluie ? Les larmes ?

Un grand sourire se dessine doucement sur son visage fin.

Dieu qu'il est beau !

Matt se place alors face à moi, attrape mes deux mains et les serre fort dans les siennes. L'intensité de son regard me ferait presque peur.

Puis il me lance, comme ça, sans prévenir :

« Maika, ma chérie d'amour, tu veux pas qu'on se Marie ? »

Paris, Miami, Brive
mars-décembre 2013

Remerciements

Merci d'abord à mon épouse Marie, ma première lectrice, qui accepte de m'accompagner dans mes voyages littéraires et dont les conseils avisés sont plus que précieux.

Merci ensuite à François David, dont les livres *Visages de la Résistance en pays de Brive* et *Résister, passion d'espérance* m'ont permis de rester au plus près de la réalité. Et à Hervé Chabalier pour avoir partagé son expérience dans *Le Dernier pour la route*.

Merci au Centre Michelet pour son accueil et son aide documentaire.

Merci également à Louis Gardel, mon fidèle éditeur et ami, et pertinent guide pour ma plume ; à Emmanuelle Adam pour la correction et la préparation du texte.

Merci enfin à Patricia Martin et Jean-Matthieu Pernin pour leur relecture et leurs avis éclairé ; à Edgar Morin, Jean Rochefort et Guy Bedos pour les moments qu'ils m'ont accordés ; à Frédéric Saldmann pour ses compétences médicales ; à Olivier Harnay pour sa connaissance des dreadlocks ; à Jacques Chevrier.

Voici les lectures qui m'ont été très utiles : *Maquis de Corrèze*, collectif ; *Le Petit Livre de la tchatche*, de Vincent

Mongaillard ; *La « Das Reich » et le Cœur de la France*, de Gérard Guicheteau ; *Brive. Monuments – statues – plaques*, de Jean-Paul Lartigue et Michel Charpentier ; *Les Origines de Brive*, de Jean-Michel Desbordes, Claire Gautrand-Moser, Guy Lintz et François Moser ; *Un seul jour, un seul mot. Le roman familial d'une enfant de Boche*, d'Annette Hippen-Gondelle ; « Les îles Borromées, un éden en mode majeur » (*Figaro Magazine*), de Jean-Marc Gonin ; *Francs-tireurs et Partisans français en Dordogne*, de Martial Faucon ; *Mémorial de la Résistance et de la déportation en Corrèze. 1940-1945*, de Bernard Delaunay, Annick Nadal, *Brive Mag* ; Georges Gheldman (gheldman.com).

Et les livres qui m'ont servi ou accompagné : *L'Argent (suite)*, de Charles Péguy ; *Mon père Edmond Michelet*, de Claude Michelet ; *Ce genre de choses*, de Jean Rochefort ; *100 Ans en Corrèze*, de Jean-Michel Valade ; *Histoire de la Résistance. 1940-1945*, d'Olivier Wievorka ; *L'Armoire allemande*, de Jean-Paul Malaval ; *La Légende de nos pères*, de Sorj Chalandon ; *Les Bataillons de la jeunesse*, d'Albert Ouzoulias ; *La Sagesse de nos colères. De la colère qui détruit à la colère qui construit*, de Marc Pistorio ; *Plaidoyer pour l'altruisme. La force de la bienveillance*, de Matthieu Ricard ; *Dialogues des Carmélites*, de Georges Bernanos ; *Immortelles*, de Laure Adler ; *La Servante du Seigneur*, de Jean-Louis Fournier ; *Mémoires d'outre-mère*, de Guy Bedos.

Mon site (avec les photos des lieux de ce roman) : www.bernardthomasson.com.

RÉALISATION : NORD COMPO À VILLENEUVE-D'ASCQ
IMPRESSION : CPI FIRMIN-DIDOT À MESNIL-SUR-L'ESTRÉE
DÉPÔT LÉGAL : MAI 2014. N° 116765 (122049)
– *Imprimé en France* –